独自欢欣

李楚明◎著

陕西新华出版
太白文艺出版社·西安

图书在版编目（CIP）数据

独自欢欣 / 李楚明著 . -- 西安：太白文艺出版社，
2025. 1. -- ISBN 978-7-5513-2837-1

Ⅰ . I267

中国国家版本馆 CIP 数据核字第 2024CG6113 号

独自欢欣

DUZI HUANXIN

作　　者	李楚明
责任编辑	张　鑫
封面设计	青年作家网
版式设计	朵云文化
出版发行	太白文艺出版社
经　　销	新华书店
印　　刷	永清县晔盛亚胶印有限公司
开　　本	787mm×1092mm　1/16
字　　数	225 千字
印　　张	13.75
版　　次	2025 年 1 月第 1 版
印　　次	2025 年 1 月第 1 次印刷
书　　号	ISBN 978-7-5513-2837-1
定　　价	78.00 元

联系电话：029-81206800

出版社地址：西安市曲江新区登高路 1388 号（邮编：710061）

营销中心电话：029-87277748　029-87217872

　　作者（左）与身体不太好的妹妹（右），病魔一直在她身体里潜伏着，全家人对她百般呵护。

　　在不多的亲戚中，走得最近也是最亲的大表姐（左）、四表姐（右）。那年初春我们徜徉在罗平油菜花的花海里。

　　女儿举行婚礼，远道而来的大表哥（右一）、大表姐（左一）、四表姐（左二）赶来祝贺。

作者（右）和好闺蜜（左）一起参加全国诗词大赛颁奖大会。

人生旅程之初，桂行长和他的夫人桂妈妈给予作者无限的温暖和关爱。

严厉的母亲的话仿佛灯塔般照亮我："一辈子都做不成一件事，活着有什么意思？""不要你屙金尿银、只要你见景生情。（意思是：不准装看不见，要会找事做）"

　　唯一的一张全家福，每次看见都不知不觉热泪盈眶。父亲、母亲永远离开了，这个事实是那样不可置信却又无比真实。子欲养而亲不待。所有的遗憾都可以烟消云散，唯有对父母的敬爱和孝顺，因没有尽全力而愧疚、抱憾。

　　父亲（前排右）、母亲（前排左）、作者（后排左）、妹妹（后排中）、弟弟（后排右）。

　　父亲的生命已经进入倒计时，哥哥（右）带领父亲（左）和妹妹（中）回老家最后一次上祖坟，了却了父亲最后的心愿。

开的人生第一家饭馆，大厨在认真地炒菜，力求让客人满意。

亲爹、亲妈从文山来，恰巧亲爹过生日，大家一起祝亲爹生日快乐！永远安康幸福！

作者与做新娘的女儿在一起，女儿抱着妈妈，感谢妈妈的养育之恩。

女儿、女婿幸福地举行婚礼。

叔叔一家从昆明赶到曲靖参加女儿的婚礼，无比感谢这份亲情！

目 录

CONTENTS

1

想念母亲

寂静的深夜，一声尖锐的手机铃声划破了夜的寂静，仿佛预示着不好的事情发生。阿明心头一紧，瞥了一眼时钟——3 点 10 分。不祥的预感涌上心头，母亲的病情在脑海中浮现，在深夜的宁静中再次肆虐。

回忆如潮水般涌来，他清晰地记得 2000 年那个惊心动魄的夏日。那天，母亲正在用餐，突然，她脸色骤变，挣扎着站起身，踉跄着冲向卫生间。紧接着，卫生间内一声闷响。阿明立即冲进卫生间，看到母亲正大口大口向洗手台喷吐着鲜血。阿明的心猛地一沉，手忙脚乱地拿起盆子，鲜血如同被时间凝固的画卷，缓缓在盆中积聚，而母亲那一直红润的脸庞此刻苍白如雪，她无力地倚靠在冰冷的墙上。

母亲，这位曾经坚韧不屈的女性，如今却被病魔无情地折磨着。肝硬化、门静脉高压，这些医学名词像沉重的枷锁，束缚着母亲的生命。

阿明深知，这场与病魔的斗争已经持续了太久太久。每一次母亲发病，都像是一次生死的较量，让他心如刀绞。

急诊科

电话中妹妹的声音慌乱不堪，阿明急忙挂断电话穿好衣服鞋子，冲向停车的单位前院。门卫张师傅披着大衣开门，他对此已见怪不怪，嘱咐阿明小心驾驶。夜色朦胧，路灯下稀疏的车辆疾驰而过，红绿灯孤独闪烁。阿明心急如焚，驱车疾驰向郊区母亲的家，感觉像是奔向未知的深渊和无尽的黑暗。

到达时，母亲躺在床上，双手紧抓衣领，喘息艰难，汗水浸透了衣物。地上、床上到处都是污秽物，妹妹正忙着清理。阿明的心像被针扎了一样疼，他小心翼翼地将母亲背起，尽管她的体重几乎压弯了他的腰，但他还是咬牙坚持着。

一路上，阿明背着母亲艰难地挪动着脚步，从三楼一步步走到楼下，再小心翼翼地将她放进车里。他满头大汗，双脚发软，但他顾不上休息，立刻驱车赶往医院。

急诊科里灯火通明，人头攒动。阿明和妹妹将母亲扶到椅子上坐下，一位年轻的医生迅速赶来察看情况。他翻开母亲的眼睛，检查瞳孔反应，又拿出听诊器仔细听了听母亲的心跳和呼吸声。

"急性心衰发作。"医生果断地说，"小杨，快准备急救室，上呼吸机！"医生的声音虽然严肃但充满关切和温暖。阿明还没来得及说声谢谢，医生已经转身投入紧张的抢救工作中去了。

躺在急救室床上的母亲已经神志不清，大口喘着粗气，仿佛随时都会窒息。护士迅速为她戴上了氧气罩。阿明看着母亲痛苦的样子心如刀绞，他自责没有早点发现母亲的异样，没有来得及给她换上干净的秋裤。刺鼻的气味弥漫在空气中，让他感到无比的懊悔和内疚。

经过医生10多分钟的紧急抢救，母亲的脸色渐渐恢复了些许红润，呼吸也变得平稳起来。阿明紧握着母亲的手，心中默默祈祷，希望她能尽快康复。

孙建宏主任医生走过来对阿明说："现在暂时没有事了，刚才是急性心衰发作，幸亏抢救及时。"他的话语虽然平静但透出一种令人安心的力量。孙医生告诉阿明，他母亲的情况很糟糕，需要住院观察治疗。但由于心内科床位紧张，只能先住在急诊科 ICU 等待床位。阿明站在床边，看着母亲痛苦的面容，心中充满了担忧。

清晨，阿明坐在医院大门口的长椅上，感到疲惫而沉重。他吩咐妹妹将母亲的衣服拿回家清洗并休息一会儿，并嘱咐她务必尽快返回医院。随后，医院陪护站派来一位经验丰富的护工周师，阿明与她商议了护理事宜，希望她能尽心照顾母亲。

原生的家境

阿明家在中央直属单位的三线厂内，那是一个 20 世纪 70 年代建造的工厂，深藏于连绵不绝的深山环抱之中。他的母亲，是位性格鲜明的女性，要强、不甘于平凡，对生活的要求近乎苛刻。与之形成鲜明对比的，是他的父亲，一位宽厚的男性，慈爱、吃苦耐劳，总是默默忍受着母亲的挑剔和火暴脾气。

在家中，父母之间的争吵几乎成了家常便饭，那些鸡毛蒜皮的小事总能点燃母亲心中的怒火。阿明和弟弟妹妹，从小就在这样的争吵声中长大，他们早已习惯了家中紧张的气氛。每当放学回家，他们总会先观察母亲的脸色，以此来判断家中的气氛。如果母亲的脸色阴沉，弟弟就会悄悄告诉阿明："今天天阴。"然后两人便小心翼翼地溜进里屋，生怕引起母亲的注意。

有一次，阿明记得特别清楚，晚饭时母亲因为父亲炒菜油放多了而突然大发雷霆。父亲尝试辩解，却换来了母亲更猛烈的攻击。母亲顺手抄起脚边的小木凳子就朝父亲扔去，父亲躲闪不及，凳子狠狠地砸在了他的小腿上，顿时鲜血流了下来。父亲默默地蹲下身，用手捂住伤口，疼痛让他的脸庞扭曲变形。阿明站在一旁，双手端着饭碗，却食不下咽，眼泪默默地滑落在碗里。

那时的母亲对家里所有成员的要求极高，她希望他们在学校能名列前茅，希望父亲在单位能有出色的表现。就连家中菜园子的绿叶菜，母亲也要求必须种得比别人家的更加翠绿油亮。阿明对数学一直感到头痛，每次考试后，他的小腿和背上总会留下母亲惩罚的痕迹。弟弟也因为上课不专心而被母亲严厉惩罚。每当这时，父亲总是默默地站在一旁，等一切平息后悄悄给孩子们准备一些吃的。

随着时间的推移，阿明渐渐长大成人。他发现母亲脸上的皱纹和老人斑越来越多，曾经灼热的眼神也变得柔和了许多。直到有一年过年，阿明带着孩子回到家中，远远地就看见母亲坐在楼下痴痴地望着来路。当看清楚是阿明一家后，母亲高兴地小跑着迎上来，抱起阿明的女儿，脸上绽放出阳光般灿烂的笑容。那一刻，阿明突然意识到，母亲已经老了，她不再锋芒毕露，她变得像一个普通的老太太一样慈祥和蔼。

等候病床

母亲在急诊科 ICU 住了 4 天，病情虽暂时稳定，但肝硬化和老年痴呆的病症依然严重。医生又建议转到消化内科或老年病科进行更深入的治疗，然而这两个科室的床位也已人满为患。无奈之下，阿明只能先办理出院手续，让母亲回家等待医院的进一步通知。

回到家，阿明立即联系了家政公司聘请保姆。在十几个候选人中，阿明觉得小刘最合适，她干净利落，话不多，给人一种可靠的感觉。阿明再三叮嘱小刘："我母亲患有老年痴呆，绝不能让她一个人待着，必须时刻在她身边。"小刘点头答应："我知道的。"

几日里，医院的嘈杂与压抑让阿明感到疲惫不堪，回到自己家后，看到窗明几净的房间和静静等待的花草，阿明的心情稍微舒缓了一些。母亲此时也清醒了许多，她坐在沙发上，看着窗外的阳光，突然说："我要回自己家，我那些花要干死了。"说着便想站起身离开阿明的家。阿明急忙按住她，温柔地说："妈，先吃完饭，我送你回去。"母亲似乎听懂了，安静地坐了下来。

阳光洒满大地，天空湛蓝如洗，阿明下班后的心情也随之明朗起来，不用去医院，能在家中陪伴母亲，对他而言是一种难得的幸福。他匆匆赶往菜市场，挑选了几样母亲爱吃的菜，迫不及待地往家赶。

然而，开门的一刹那，眼前的景象却让阿明的心沉了下来。小刘站在一旁，面露惊慌，似乎有话要说又犹豫不决。母亲则坐在阳台落地窗前的地上，背靠书柜，低声啜泣着，脸上写满了委屈和不解。

阿明急忙走上前去，轻声询问发生了什么事情。母亲没有回应，只是将脸转向窗外，仿佛想要逃避这一切。小刘在一旁解释，她本想洗个澡，担心母亲独自在家不安全，便将门从内反锁，并嘱咐母亲坐在客厅看电视，不要随意走动。

然而，母亲的老年痴呆症状使得她的记忆力和理解力都大不如前。小刘在洗澡时担心母亲的安全，不时地拉开卫生间的门查看，却不料这样的举动反而引起了母亲的误会和不满。当门被拉开第三次时，母亲愤怒了，她认为自己被当作犯人监视着，于是站起身想要回自己的家。

小刘见状，连忙穿好衣服拦住母亲，但母亲的情绪已经失控，她坚持要离开，最终坐在窗前的地上不肯起来。阿明看着母亲哭泣的背影，心中五味杂陈，他知道母亲此刻需要的不仅仅是安慰，还有理解和耐心。他轻轻地坐在母亲身边，握住她的手，试图用这种方式来传递自己的关爱和温暖。

任凭阿明如何尝试抱起母亲，如何轻声细语地哄劝，母亲依然固执地坐在地上，泪水在她苍老的面颊滑落。她一边哭泣一边抱怨："我把你们养大容易吗？现在倒好，把我当成小偷一样防着，我到底偷了你们什么？还把我锁在家里，不停地偷看我。"

后来，母亲的情绪渐渐平息，不再哭泣，她凝视着窗外川流不息的车辆，眼神中透露出深深的迷茫和无奈。阿明坐在母亲的脚边，轻声问道："妈妈，您在想什么呢？"母亲转过头，用陌生的眼神看着阿明，突然，母亲的泪水再次决堤，她哽咽着说："我连想什么都不可以了吗？告诉你，我真的活够了。"

这一刻，母亲仿佛将所有的辛酸、委屈、无奈和病痛都宣泄了出来。她不再是那个严厉、要强的母亲，而是一个无助、脆弱的老小孩，坐在地上放声痛哭。阿明心痛不已，他端来饭菜，想要喂给母亲吃，但母亲只是冷冷地瞥了一眼，说："拿走，我不想吃。"

阿明无奈地央求道："妈妈，您先起来吃点东西吧，地上太冷了。我马上要去上班，您这样我真的很担心。"母亲却固执地摇了摇头，坚持要回家："送我回去，我要回我自己的家。我不想在这里像犯人一样被监视。"

阿明知道，母亲现在的状态确实不适合留在家里。医院虽然嘈杂，但至少能保障她的安全。阿明请好假，带着沉重的心情和母亲一起前往医院。一路上，秋天的阳光虽然明媚，但阿明的心却如坠冰窟。

深夜，阿明躺在床上，疲惫笼罩着他的身心。他听见母亲平稳的呼吸声在寂静的夜晚回荡。82岁高龄的母亲同时身患肝硬化腹水、老年痴呆和心脏病，这些疾病无情地侵袭着她的身体。她已无法用言语表达痛苦，甚至丧失自我意识，所有的折磨和苦难只能由她孤独地承受。

阿明注视着母亲柔弱而苍白的脸庞，她的无助和不设防深深地刺痛了他的心。他感到心如刀割，却束手无策。他能做的，唯有耐心地陪伴，尽管这并不能减轻她的痛苦。

生活在这个世界上，每个人终究都是孤独的。有些痛苦和磨难，只能由我们自己去承受，无人可以替代。阿明深知这一点，却忍不住心中的悲痛，他为母亲的遭遇感到无奈和哀伤。

早上5点多，阿明听到卫生间传来响动，立刻起身察看。他发现母亲正在费力地擦拭地上的污物，从卫生间到她的卧室床边，一路上都有大便。由于肝脏不好，母亲容易腹泻。看到阿明，母亲带着歉意说：“我实在忍不住了，但我没能及时赶到卫生间。”

阿明急忙安慰母亲：“没事，没事。”同时，将她扶回床上，并轻轻地为她按摩肚子。看着母亲脸上微微渗出的汗水，他能感受到她骨子里的坚忍和独立。母亲一生要强，对家人和自己都从不妥协，总能把自己逼到极限。

过了一会儿，母亲突然睁开眼睛问道：“老三呢（指的是妹妹）？”阿明回答说：“她还没来，应该快到了。”母亲叮嘱道：“她有病，你们要多担待她，等她发病就来不及了。”母亲总是把最温柔的一面留给生病的妹妹。阿明记得，有一次妹妹癫痫病发作，突然倒在地上抽搐，母亲迅速冲上前去将妹妹紧紧搂在怀里，焦急得将自己的嘴唇都咬出了血，同时用右手大拇指掐住妹妹的人中。在母亲的怀抱中，几分钟后，妹妹恢复了平静。当时，母亲表现出的焦急和疼爱让阿明深感震撼，他甚至希望自己能代替妹妹承受病痛。

当母亲头脑清醒的时候，她表达了想要回自己家的强烈愿望。她想看看自己亲手种下的花开得如何，还想回家取她的老花镜，因为她想阅读小说，甚至在病房里都要继续保持她的阅读习惯。面对母亲的各种理由和央求，阿明想，无论如何，他都不想让她留下任何遗憾。于是，阿明决定再请半天假，亲自送母亲回家，满足她的心愿。

阿明仿佛一个世纪没有踏入这个家门一样。家，依旧是那个熟悉而亲切的家，这里有父亲生活过的气息，一切陈设如旧，它始终是全家人情感的归宿和灵魂的港湾。但今天，这里弥漫着一种异样的氛围。

母亲，本就有些神志不清，此刻站在自己的老窝，她靠着沙发角站着，却不愿坐下。她静静地环顾四周，眼神中透露出深深的眷恋，仿佛在默默地告别，也许她内心深处能感觉到，这将是她最后一次回到这个家。

当她的目光落在阳台上怒放的绣球花和君子兰时，眼中闪过一丝亮光。她迫不及待地，颤巍巍地走向阳台，欣喜地说："我的花开得多好啊！以后你们要好好照顾它们。"阿明听着，心中涌起一股莫名的酸楚，泪水在眼眶里打转。他强忍着泪水，安慰母亲说："你说什么呢！过几天医院有床位就可以住院了，住完院就回家，你又可以照顾你的花了。"话说出口，阿明自己都知道这不过是自欺欺人的安慰，这样的时刻，将来不会有了。

母亲接着说，她给家里的每个人都做了一双鞋垫，包括远在国外的孙子孙女。她告诉阿明，这些鞋垫都压在她的床单下。阿明找出来，厚厚的一沓，那是一针一线纳出来的粗布鞋垫，有的还未完全纳完。虽然现在很少有人用手工鞋垫了，但看着这些五颜六色的鞋垫，阿明感受到了母亲最后的温暖。

母亲脸上露出了轻快的笑容，家里的一切对她来说都是那么亲切。她恳求阿明让她在家里再住一天，她想要整理一下家里的东西。看着母亲哀求的眼神，阿明不忍心拒绝，答应了母亲的请求。母亲的眼睛里立即闪烁出欣喜和兴奋的光芒。

阿明坐在办公室从窗子往外看去，一眼就可看见西苑那根最高的烟囱，那是殡仪馆的火化车间，阿明心中不由得有些悲哀。

下午临近下班时，手机铃声骤然响起，小刘焦急的声音从电话那头传来："大妈不见了，我刚才在厨房做饭，根本没注意到她是什么时候不见的。我在小区里找了个遍，都没找到她。"阿明心中一紧，急忙问道："她之前有没有说过什么？"小刘回答："之前听她说纳鞋垫的蜡和线用完了。"阿明马上意识到，母亲可能是去老街买东西了。

小区后门紧邻火车站出站口，这里设了一个公交车站点，公交车进出站频繁，而前门则是进城的公交车站。母亲会去哪里呢？她站立都困难，怎么可能独自外出？阿明心惊肉跳，头皮发麻。他迅速吩咐小刘和匆忙赶来的妹妹去前门沿途寻找，而自己则开车从后门火车站方向开始搜寻。

阿明一路驾车飞驰，心情却越来越沉重。他不断地回想着前不久读到的一篇报道：一位迷失方向的老妇人，在离家百公里之遥的山脚下被找到，但那时老妇人因饥寒交迫已离世。这个悲惨的故事此刻在他的脑海中挥之不去，如同梦魇不断于脑海重现。

恐惧与焦虑如同黑暗的阴影，紧紧包裹着阿明的心。他不禁开始自责，为何自己没有早些在母亲衣物上留下紧急联系方式？这样的疏忽可能让母亲此刻陷入更深的困境。他最怕的，就是母亲也会遭遇类似的命运，孤独而无助地离开这个世界。

这种念头让阿明心如刀绞，但他明白，现在最重要的是尽快找到母亲。他加大油门，车速再次提升，同时心中默默祈祷，希望母亲能够平安无事。

此刻，正值火车到站的高峰时段。人流如织，扛着行李的民工、带着孩子的农村妇女，以及严肃的职场男女都匆匆赶路，各自忙碌。在这喧嚣的人群中，阿明突然瞥见了一个熟悉的背影。

她斜靠在车站的广告柱旁，坐在地上。深秋的冷风中，落叶四处飘落，更显出她的孤寂和无助。那是母亲！她穿着单薄的秋衣秋裤，秋裤上还打了一个醒目的补丁。脚上那双大红的毛线拖鞋，在冷风中显得格外刺眼。

阿明心中五味杂陈，可以看出，母亲一定是从床上直接出门的，连头发都未来得及梳理，被风吹得凌乱不堪。那个背影，显得如此精疲力竭，历尽沧桑。

他急忙上前，紧紧抱住母亲，生怕她摔倒。母亲那呆滞的眼神从远处收回，陌生地看着阿明。阿明轻声说道："妈妈，是我，我是明明。"

听到儿子的声音，母亲眼中逐渐恢复了光泽，记忆也慢慢回归。她喃喃道："我去老街买点纳鞋垫的线和蜡，你们的鞋垫还没有完工。但我想不起来要坐哪一路车了……"

此时的母亲，就像一个历经风霜雨雪的沧桑树根，虽然饱经磨难，但依然坚韧不屈。阿明紧紧握着母亲的手，眼中充满了泪水。他深知，无论母亲变成什么样子，她始终是他最深爱的人。

阿明的思绪飘回了遥远的童年，那时候他大概5岁多，弟弟3岁多。

他们被母亲一起送进了幼儿园。弟弟从进幼儿园的第一天起就不停地哭泣，无法适应新环境。幼儿园的尿盆放在走廊上，而走廊正对着大门。弟弟每天都坐在尿盆上，无论老师怎么劝都不肯起来。他就那样哭着，偶尔打个盹，直到妈妈下班来接他。每当看到妈妈，弟弟的泪水就会涌得更凶。妈妈温柔地抱住弟弟，轻轻地擦去他的眼泪，而阿明则拉着妈妈的衣角，小跑着跟在身后一起回家。

有一次深夜，弟弟突然发起了高烧。母亲焦急地抱起弟弟，朝着几里外的医院赶去。阿明左手拉着母亲的衣角，高一脚低一脚地紧跟在后面。他们赶到医院时，已经是气喘吁吁，满头大汗。在医院的病床上，弟弟输着液，渐渐地安静了下来。阿明躺在弟弟脚边，守护着他。而妈妈则趴在床边，时刻关注着弟弟的病情。万籁俱静，只有月光从窗口静静地照进来，洒在他们身上，显得那么恬静、安详。回想起那些日子，阿明心中充满了感慨。他们一家人在困难中相依为命，共同度过了那段艰难的时光。而现在，他们依然紧密地团结在一起，共同面对生活的挑战。母亲的坚强与毅力，一直是他们前进的动力和榜样。

不知不觉，母亲已在家中度过了 3 天。她的老年痴呆症状时好时坏，让人无法预料。她固执地想要去菜市场、超市，甚至坐在厂大门口看着人来人往。阿明、小刘和妹妹只好轮流悄悄地跟在母亲身后，保护她的安全。然而，每次被母亲发现时，她总是会大声嚷嚷："你们为什么不相信我？你们提防我做什么？难道我是坏人吗？"

第 4 天，医院终于打来了电话，通知他们消化内科有了床位。然而，这个消息却像催命符一样，让他们心情更加沉重。母亲独自一个人坐在阳台上，默默地注视着厂门口的大路，仿佛在回忆着过去的点点滴滴。母亲在想些什么呢？是回想起 30 年前搬家到这里时的情景吗？那时，他们忙到半夜才想起还没有吃饭，于是全家人一起出去吃烧烤，全家人的欢声笑语回荡在夜空中。还是想起了和最亲的妹妹坐在阳台上，一起议论小时候的苦难和欢乐？又或者，她在思念已经离世的丈夫？

母亲脸上平静如水，但她的眼神却显得有些空洞。她仿佛看到了另一个时空，或许在那里，她能与逝去的亲人和过去的自己重逢。在这一刻，母亲是否已经看透了生死？她是否已经接受了命运的安排，准备踏上新的旅程？

阿明他们无法揣测母亲内心的想法，但他们知道，无论母亲身在何处，他们的心都将永远与她相连。他们会尽自己最大的努力，陪伴母亲走过这段艰难的时光，直到生命的尽头。

重回医院

10月底的曲靖，秋意已浓。大街上的景色渲染着秋天的韵味，树叶开始飘落，仿佛在诉说着人间的沧桑与荒凉。这些落叶，在它们风华正茂的时候，也拥有过春天的新绿和生机，白天沐浴在阳光的温暖之中，夜晚则与露珠窃窃私语。然而，随着时间的流逝，它们终究迎来了凋零的时刻，是否也象征着一种看破尘世的超然？

医院，这个特殊的地方，总是聚集了太多的痛苦、折磨与生离死别。它见证了生命的脆弱与坚强，也承载了无数人的希望和绝望。消化科位于医院的四楼，这里的一切都是那么的熟悉：医生们忙碌的身影，护士们温柔而专业的照料，走廊墙上的电视播放着新闻或娱乐节目，为这沉重的空间带来一丝轻松的氛围。洗漱间门上，不知是谁贴上的一个小小的"福"字，虽然已显陈旧，却仍然传递着一份朴素的祝福与希望。

当主任从阿明手中接过住院申请，目光转向坐在轮椅上的母亲时，他感慨道："你们做子女的真是不容易，这都已经17年了。跟你妈一起得肝硬化、肝腹水的病友，都换了好几批了。"

确实，阿明想起那位姓刘的阿姨，她不仅是肝硬化、肝腹水患者，还患有糖尿病。刘姨的老伴早已离世，她有3个孩子：大儿子在昆明，刘姨住院15天他都没有来过；大女儿会时不时地送些粥、面条来；小女儿来过两次。每次看到刘姨输完液后，佝偻着身子独自去食堂打饭，然后在背对人的时候撩起衣服，自己在胀大的腹部注射胰岛素，那场景让人心生凄凉。

然而，刘姨清秀的脸上从未流露出一丝抱怨。她平静地配合医生用长长的针管抽腹水，即使疼得缩成一团，也从未叫喊。阿明曾忍不住问她：

"怎么不让儿女来陪呢？"刘姨笑了笑说："他们工作都忙，大儿子在昆明不好请假，大女儿家的儿子要高考不能影响他们，小女儿家孩子还小。"说这些时，刘姨脸上绽放着光芒，眼里闪亮着希望，那清澈白净的脸庞上闪耀着圣母般的光辉。

就在那年的年尾，母亲再次住进了消化内科。阿明忍不住向医生打听刘姨的情况，医生告诉他："你母亲出院没几天，刘姨就走了。"那位老人就这样安静地、静悄悄地离开了这个世界。至今每次想起刘姨，她的从容、坦然、厚实和宽宏，仍然让阿明的内心熠熠生辉。

医生再次给母亲开出了病危通知书，母亲因肝腹水而全身浮肿，变得面目全非。肝昏迷和老年痴呆症同时折磨着她，让她在糊涂与清醒之间徘徊。母亲的行为变得越发异常，常常倒拿着勺子吃饭，上完卫生间后会躺在其他病友的床上。有时她会烦躁不安，挣扎着自己拔掉手上的针管，导致手上、脚上都被扎得青一块紫一块。每次重新扎针都需要护士长亲自来操作。

一个下午，阿明正在上班，突然接到了医生的电话，语气里充满了责备："你们家属是怎么看护你妈妈的？我们告诉过你们多少次，你妈妈的身边不能缺人！刚刚她自己拔了针管，然后就不见了。我们的护士找了好久都没找到，你们赶紧过来找，出了事谁来负责？"

阿明心中一惊，母亲竟然又偷偷跑了！他心急如焚，担心母亲会不会摔倒在哪里。原来是护工在母亲睡着时上了趟卫生间，出来就发现母亲不见了。大家顺着血迹找到电梯口，线索就断了。

阿明突然想到，母亲会不会到医院大门口坐 1 路车回家了呢？他立刻向医院大门外的 1 路车站跑去。果然，在车站旁，他看到了一个穿病号条纹服的背影，无力地斜靠在等车的铁凳子上。那是母亲，她像一个走失找不到路回家的小孩，孤独而无助。

虽然有微弱的阳光照在她身上，但肃杀的冷风依然冻得母亲瑟瑟发抖。她脸上青紫色交加，眼神浑浊。当看到阿明时，母亲从口袋里掏出 1 元钱，声音颤抖地说："我想回家，可是我记不得要坐几路车了。"

看着母亲懵懂无辜、失望又委屈的样子，阿明的心痛得无法呼吸。母亲曾经是多么英姿飒爽、无所畏惧的人啊，如今却被病魔折磨成这个样子。

他紧紧抱住母亲，泪水夺眶而出。

这次母亲的逃走给了阿明一个深刻的教训，他意识到母亲身上不能有钱，于是他趁母亲睡觉时，悄悄地将母亲口袋里的钱收了起来。

然而，没过几天的一个星期六早上，阿明送早点过去时，刚出 4 楼电梯门，就听到大厅里走道上围挤着一大片人，人群中传来母亲的哭诉声："我把她养那么大，现在 1 元钱都不给我，把我的钱都拿走了。我现在身无分文，跟她要 1 元钱都不给我啊！考个大学考 2 年，数学才考 30 多分……我现在用我自己的钱，她都不给我！"

周围的人窃窃私语，阿明脑袋里一片空白，感觉天旋地转。母亲的老年痴呆症又发作了，而这次，她在公众场合哭诉自己的遭遇。阿明本能地感到无地自容，想躲起来。但是，他透过人缝看去，只见母亲坐在地上，靠在护工的肩膀上，伤心得满脸是泪。

这时，一个护士看见了阿明，对他说："你妈今早醒来就找我要 1 元钱，说要借 1 元钱坐公交车回家。我们谁都不敢给，怎么拉都拉不起来，她说要等你。"

阿明羞愧得无地自容，对护士说："我知道了，谢谢啊！"然后，他走到母亲身边。此时，母亲的神色逐渐从迷糊中清醒过来，她严肃地对阿明说："你把我的钱还给我。"

阿明一边小声答应："等下进病房再拿给你。"一边和护工一起扶起母亲，慢慢地走回病房。此刻，他心中充满了愧疚和自责，同时也更加深刻地意识到了照顾老年痴呆症患者的责任和挑战。他下定决心，要更加细心地照顾母亲，避免再次发生类似的情况。

母亲刚刚躺下不久，突然感到胸口不适，仿佛有重物压着，让她喘不上气来。阿明注意到母亲的脸色渐渐由白变青，心中涌起一股不祥的预感。他迅速按下呼叫按钮，医生急匆匆地赶来。

医生听了听母亲的心脏，眉头紧锁，然后果断地说："得赶快转心内科 ICU。"他赶紧开转科室的申请单，然后交给阿明，嘱咐道："你赶快去办手续，我们先把你母亲转上去。"

阿明的心怦怦直跳，预感到情况的严重性。他飞快地办完转科手续，然后急匆匆地赶到心内科 ICU。此时，母亲已经被安顿在那里，周围是各种监测仪器和医疗设备。

医生严肃地交代阿明："你妈的情况比较严重，这是病危通知书。现在在 ICU 就说明随时有生命危险，心脏病的发作是不可预知的。而且你妈妈现在非常烦躁，这对她的病情很不利。所以我们要求你们家属 24 小时都要有人在这里，以便随时应对突发情况。"

阿明点点头，心中充满了担忧。他知道，接下来又要改变陪护方式了。白天他要上班，不可能一直待在医院，但母亲的情况又让他放心不下。他想了想，决定白天让妹妹与小刘轮换陪护，晚上则由自己来守护。

他开车回家，拿了晚上用的毯子和被子放在车上。回到医院后，他与医生商量能否在外面走道的铁凳子上睡下，以便随时照应。

医生很照顾他，同意了他的请求，但叮嘱他每天早上 7 点半之前要收拾整洁，不要影响医院的环境和其他病人。阿明感激地点点头，他知道这是医生对他们的最大善意。接下来，他将面临一个漫长而艰难的陪护过程，但他已经做好了准备，为了母亲，他会坚持下去。

晚上，阿明躺在走道的凳子上，周围一片静谧。他抬头仰望星空，只见星空闪烁，宛如爸爸在天上注视着他。那澄净的星空，让他想起了每次回家时，爸爸总是坐在小区大门口专注地看着路口，眼中闪烁着期待的光芒。

阿明的心中涌起一股莫名的情感，那是对过去的怀念，对爸爸的思念，也是对现在陪伴在母亲身边的坚定。他知道，自己不能再像过去那样只顾着工作，而忽略了家人的感受。他要尽自己最大的努力，陪伴在母亲身边，给她最后的温暖和关怀。

在这个寂静的夜晚，阿明躺在走道的凳子上，感受着星空下的宁静与爸爸的存在。他的心中充满了力量，那是对家人的爱，也是对未来的希望。他知道，无论遇到什么困难，他都会坚持下去，为了家人，为了自己。

常常在深夜里，母亲会突然大喊大叫："喊我家大的那个来，我要问问他为什么要这么对我，把我捆起来？"每当这时，护士往往无法安抚她，只能出来叫阿明进去。阿明会立刻爬起来，急匆匆地走进病房。他看见母亲一头一脸的汗水，在无意识的状态下显得异常烦躁。

　　阿明轻柔地帮母亲擦干汗水，喂她喝点水，然后坐在旁边紧紧握住她的手。神奇的是，无论母亲之前多么烦躁不安，只要阿明一握住她的手，她就会立刻安静下来。有时，她会问："老三呢，今天她来过了吗？老二呢？他什么时候回来？"阿明总是急忙回答："他们请了假就会回来的，妈妈你放心。"

　　有时，母亲会说她看到有一个穿红毛衣的人坐在床角叫她走。阿明环顾四周，重症监护室里灯光昏暗，旁边的病人在昏睡中。他只能听到高低起伏的氧气机的呼吸声、心脏监控器的嘀嘀声，而值班的护士也趴在桌子上睡着了。阿明伏在母亲耳边，轻声说："妈妈，什么人都没有，你不要搭理她。如果她来了，我们会把她赶出去，没有人能把你带走的。"母亲闭着眼睛点点头，然后慢慢地睡着了。

　　护士叮嘱阿明："你可以去睡了，但是不要睡得太死，不然有急事不好喊你。"阿明轻轻退出病房，巡视了一下深夜的走廊。他看到有的病房开着门，家属借着过道的光线在轻轻观察病人；有的病房门口，几个家属蹲着沉思，他们的脸上写满了绝望和痛苦。

　　安静的夜晚暗藏杀机，阿明不知道这些重病的患者能否坚持到太阳升起。他重新躺在凳子上，已经是凌晨4点20分。他的心中充满了担忧和不安，不知道母亲是否能安详地睡到天亮。在这个寂静的夜晚，阿明的思绪纷乱，但他知道，他必须坚持下去，为了母亲，为了家人。

　　好几天了，母亲几乎不吃任何东西，送进去的肉末拌饭和蒸鸡蛋都原封不动地被拿出来。她仅靠输液维持着生命，意识也逐渐模糊。

　　那天，天气异常阴沉，冷风肃杀，仿佛预示着什么。正在办公室的阿明突然接到医院的电话，说母亲正在大闹，医生和护士都无法控制。

　　阿明心急如焚地赶到医院，推开门的一刹那，他愣住了，心如刀绞。他看到母亲把身上的管子全都扯了下来，只剩下导尿管，尿袋中的尿液拖在地上。她全身赤裸地站在病房中央，愤怒地挥打着试图接近的医生和护士，手背上的血迹在空中飞溅。她怒目圆睁地喊着要回家，坚称自己没有病，还说要去找法官和律师。

　　阿明颤抖着将母亲拉回床上，盖好被子。母亲顺从了地回到了床上，也许在这个世界上，阿明是她唯一还能认识的人。他灌了个热水袋，捂住母亲冰冷的脚，轻声在她耳边说："妈妈，你累了，睡一会儿吧。我在这里陪你，你放心地睡吧。"母亲闭上眼睛，慢慢地睡着了。

那一幕深深地印在了阿明的脑海里，每当想起母亲，他就会想起那个悲惨的、赤裸的、没有尊严地站在 ICU 病房中央的母亲。疾病让她一生所经历的文化教育、职业生涯和社会经验全都归零，这就是人生的轮回吗？

医生无奈地建议将母亲转出心内科 ICU，因为她的主要问题已不再是心脏，而是肝硬化和老年痴呆。在消化内科，母亲大部分时间都处于迷糊状态，有时会兴奋地说要回家，要去看亲戚。阿明和护工轮流守着她，因为她经常半夜挣扎着起来往外走。

最后，他们找到了一间高干病房，里面设施相对完善。一天晚上，母亲侧卧在床上，阿明坐在旁边。当喧嚣的病区安静下来时，母亲开始含糊不清地讲述过去的事情，比如生阿明时她住在庙里的经历。

冬天的病人如同草木一样难熬，经常在天将亮时，从某间病房传出凄厉的哭喊声。每当这时，医生和护士都会朝着那间病房跑去，进行抢救。然而，很多时候，抢救无效，一条条生命就这样消失了。

弟弟从北京赶回来后，天气似乎也变得明媚起来，母亲的气色和情绪也有所好转。他们推着母亲到一楼大院晒太阳，享受着难得的团聚时光。然而，这也是他们最后一次和母亲在一起了。

第二天早上，天还未大亮，母亲就无声无息地走了。阿明他们为母亲擦洗干净身体，穿上寿衣。她安详地躺在床上，脸上盖着大红的方巾。目睹母亲在生死边缘的挣扎和对生的渴望后，阿明深刻体会到了生命的悲凉和壮美。

在等待殡仪馆的车时，阿明独自一人走进里间，想最后再看母亲一眼。当他掀开盖在母亲脸上的红布时，突然感到一股气流吹到他的额头上。他转头看，发现窗子关着，没有风可以进来。他想，这是母亲跟他做最后的告别。

传说能够接上父母最后一口气的人将会得到余生的幸福。阿明相信这个传说，并感受到一种莫名的安慰和力量。他知道母亲虽然离开了他们，但她的爱将永远陪伴着他们前行。

父爱如山

爸爸身材瘦弱，性格平和，总是慷慨豁达地面对生活的种种挑战。他一生最高的职位也不过是行政科的科长，这让他在茫茫人海中显得那么普通，仿佛就是一粒平凡的沙砾。然而，对我来说，他却是黑夜繁星中最闪耀、最温暖的那颗星星，始终为我照亮着前行的道路，引导我成长。他的存在，成为我人生中最宝贵的指引。

小学四年级时，我第一次数学考试没能及格。我心怀恐惧，不敢进屋，只敢蹲在后窗下，小心翼翼地听着屋内的动静。屋内，妈妈像往常一样责备着爸爸，她认为是爸爸的无能导致我的不争气。她大声地对爸爸喊道："去找她，我今天非得问问她，还想不想继续读书了！"

这时，爸爸走到后窗，找到了我。他轻声说道："孩子，你妈现在很生气，咱们快回家吧。"我站起来，背靠着墙边，泪水顺着脸颊滑落。我哽咽着说："妈妈会打我。"爸爸伸出手，轻轻为我拭去泪水，又细心地拍去我身上的泥土，他轻声安慰我："别怕，你妈用来打你们的棍子，我都给藏起来了。还有，挨打的时候要学会躲避呀。"

我一直都很倔强，宁愿挨打也绝不求饶，即使眼泪流干也不会屈服。这与弟弟形成鲜明对比，他总是被妈妈一训就跳起来大喊："不敢了，不敢了！"

于是，我胆怯地跟在爸爸身后，磨磨蹭蹭地进了家门。然而，即便如此，妈妈手中的竹棍还是毫不留情地落在了我的屁股上。爸爸在家里通常很少发表意见，但那天他却上前试图从妈妈手中夺过那根棍子，一边抢一边说："别这样打孩子，打是没有用的。"

一向逆来顺受的爸爸竟然敢于阻拦母亲，这让她勃然大怒，转身猛地推了爸爸一把，怒吼道："他们变成这样都是你惯的！"一个趔趄，头重重地撞在了门框上，脑门上顿时鼓起了一个青紫的大包。我吓得赶紧拿来毛巾，给爸爸捂住伤口。

这时，弟弟放学回家，一眼就看见了爸爸脑门上的伤，他小声地对爸爸说："离了，离了，我跟你。"爸爸疼得直吸冷气，却还是坚定地说："别胡说，离了你们就没有一个完整的家了。"

我和弟弟手忙脚乱地帮爸爸擦去头上渗出的血迹，爸爸却在这个时候说："你妈年轻的时候有多漂亮，你们根本不知道。"说话间他的眼中闪过一丝光芒，但当时的我和弟弟却未能理解这其中的深意，甚至因此开始轻视爸爸。

然而，多年以后，当我们长大成人，经历了世间的种种沧桑，我们才终于明白，爸爸的那句话里蕴含了他对妈妈、对我们、对这个家深沉的爱。

在20世纪70年代，每个月只供应一次猪肉，这成了人们生活中的一大盛事。每当卖猪肉的那天来临，天色还未亮，就能听到公路上人们急匆匆赶往屠宰场排队买肉的脚步声，那声音如同浩荡的军队，整齐而有力。现场人山人海，人们摩肩接踵，甚至有人骑在别人的肩膀上，只为了能买到心仪的猪肉。买肉的人们高声呼喊着："我的心！""我的肝！"我的后腿！"每个人都充满了期待和激动。

按照人头，每人能买到2公斤的猪肉，那份沉甸甸的幸福感仿佛能从手上传递到心里。对于小孩子来说，无论是在上学的路上还是在课间休息，只要一想到午饭时能吃到美味的千张肉或酥肉，就会情不自禁地咽口水，那种期待和馋涎欲滴的感觉让人难以忘怀。

为了让家人能吃上肉，爸爸决定自己养猪。他经常在天寒地冻的早上去菜地拔白菜，那些白菜上落满了雪，结满了冰，但他毫不退缩。在冷水管下洗菜时，他的手常常被冻得通红，清鼻涕也不停地往下滴。每次我想帮忙洗白菜时，他总是急忙推开我，关切地说："水太冰了，别沾手。"他的眼神里满是父爱。为了家人能吃上更好的生活，他默默地付出着，从无怨言。

爸爸从来都不让家人进厨房，他总是坚持亲手准备每一餐，几十年如一日。每当饭菜准备好，他就会小心翼翼地端到桌子上，然后一边擦手，一边欢快地高声喊道："吃饭了！"

那嘹亮的声音，对我和弟弟来说，就像是大赦的号角，意味着我们可以暂时放下手头的事情，围坐在餐桌旁，享受一家人团聚的温馨时光。这也是全家人最快乐的时刻，大家围坐在一起，品尝着爸爸精心准备的佳肴，谈论着彼此的生活和趣事。爸爸的坚持和付出，让我们深深感受到了家的温暖和幸福。

我们所在的矿厂是 20 世纪 70 年代初在深山里建设的三线厂。那个时候，行政科的工作繁重而琐碎，而食堂更是全厂人目光的聚焦点，它承载着大家的幸福与期待，同时也是厂里最难管理的部门。面对这样一个挑战，许多人望而却步，但我的爸爸却自告奋勇地担任了司务长的职务。

从此，爸爸每天早上 6 点多就起床，无论刮风下雨，他都会经过漆黑的公路，走完 3 公里多的路程到达食堂。他忙碌地开始准备早点：包子、馒头、花卷，每一样都亲手制作。当其他同事陆续到达岗位时，爸爸已经把早点准备得差不多了。在这样一个拥有几千名职工的大厂里，食堂是大家改善伙食的重要依赖，而爸爸，就是那个默默为大家付出的人。他的辛勤工作，就是让大家每天都能吃上热腾腾、美味的早点，开始新的一天。

爸爸深知自己肩负重任。食堂的工作虽不张扬，却是细致入微的，每一个环节都不可或缺。尤其在过年过节时，他常常忙得几天都不能回家，要为几千名员工提供丰盛的伙食成为爸爸的重任。

在食堂，爸爸事必躬亲，无论是腌制咸菜、清洗众多的咸菜坛子，还是将采购回来的菜称量并分配到每家每户，他都亲自上阵。这些琐碎而繁重的工作，让爸爸常常忙得团团转。

每当忙碌过后，爸爸腰酸背痛地回到家中，疲惫地躺在床上。看着他辛苦的样子，我和弟弟有时会央求他周末休息，不要再加班了。然而，爸爸总是微笑着说："不去做好准备，明天就没有好菜卖给大家了。"他的话语中透露出对工作的热爱与责任，也让我们更加敬佩他的付出与坚守。

记得那是一个下着大雨的晚上，时间已经过了 10 点，可是爸爸还没有回家。当时我上小学四年级，心里牵挂着爸爸，于是牵着弟弟，偷偷地打着一把大伞，艰难地涉水走到食堂去寻找爸爸。

在黑暗中，我们靠着微弱的路灯光前行。远远地，我们看到行政科食堂门口的灯光昏黄地闪耀，那仿佛是指引我们前进的灯塔。当我们走近时，看到有一卡车蒜苗和白菜，爸爸正在指挥卸车。

爸爸一转身，突然发现了我和弟弟站在身后。他高兴地一把将弟弟抱起来，举过头顶，惊喜地问道："你们怎么来了？"旁边的蔡阿姨见状笑道："老李帅傅，你没白辛苦哦，这么晚娃娃还走这么远来接你。"爸爸自豪而爽朗地大声回应："一辈子为什么，不就为儿为女嘛！"

那一刻，我们幸福得就像融入海洋的小鱼，感受到了父爱的温暖和力量。那一幕深深地烙印在我的脑海里，成为我永远珍藏的记忆。

爸爸还常常像变戏法一样，拿出他为我们精心制作的小凳子、小火车、小秤、小衣服、小抱被……每一样都充满了父爱。如果发现不合适，他会一遍遍地修改，直到满意为止。

长大后，我们各自离家，在外的日子里总是格外怀念家的温暖。每当过年过节，我们都会从远处赶回家，与父母团聚。而爸爸，也总是早早地为我们准备好爱吃的菜肴，满怀期待地坐在楼下花台边上，静静地等待我们归来。

有时，我们深夜才能到家，但无论何时，爸爸都会开心地翻身下床，为我们准备美味的食物。他的脸上总是洋溢着幸福的笑容，仿佛所有的疲惫都在我们到达这一刻消散无踪。

然而，相聚的时间总是短暂的。每次我们要离开时，爸爸都会依依不舍地送下楼来，巴巴地问："能不能不走？"而我们，却总是无奈地回答："明天还要上班的。"看着我们渐行渐远的背影，爸爸默默地站在原地，目送我们离去。

每一次转身，我们都能感受到爸爸深情的目光。那目光，写满了期盼与渴望，如同小时候在幼儿园等待爸爸来接时一样。我们深知，爸爸的爱，是我们永远的港湾。

那位温暖的、任劳任怨的爸爸，终究没能逃过病魔的魔爪。2001年，他被查出了直肠癌，这个消息对我们全家来说，犹如晴天霹雳。由于肿瘤位置特殊，医生只能在爸爸的肚子上做结肠造口手术，这让一向爱整洁的爸爸感到极为恼火，却无力改变现状。

术后，爸爸需要随时随地清洗和更换敷在肚子上的纸和布头，这个过程对他来说既痛苦又尴尬。然而，他极力保持着乐观和坚强，尽量不麻烦别人，一如既往地独自承担起家务。他仍然坚持不让我们进厨房，每次做好饭后，还是会开心地大声喊："吃饭了！"

爸爸明显地衰老了。后来我回家时，总能看见他坐在厂大门口，呆呆地盯着我们回家的路，手里紧紧捧着我给他买的保温杯。他的眼神一次比一次暗淡，一次比一次显得空旷寂寞。那张沉静的脸，那双没有光芒的眼睛，每次都让我心如刀割。我深知，爸爸能陪伴我们的日子已经不多了。

有一次，在医院病房里，我一边给爸爸擦洗身体，一边问他："爸爸，你这辈子最幸福的是什么？"爸爸毫不犹豫地回答道："有你们三个儿女呀，有你们我就满足了。"我继续追问："你最难熬的是什么呢？"爸爸陷入了沉思，缓缓地说："20 世纪 70 年代初刚刚建厂的时候，开车到山区拉木料，经常几天吃不上饭。土路很难走，随时都有塌方和翻车的危险。那个时候熬过来了什么都好啦！"

我原以为爸爸会说，最难熬的是我们小时候不好好学习，惹得妈妈苛责他；或者是他整天忙于种菜、喂猪、做家务的艰辛；又或者是他工作累得直不起腰来的痛苦。然而，我们眼中看到的苦难，对爸爸来说却是幸福的承受。爱是什么？爱是恒久忍耐。

爸爸给了我人生最初的温暖和爱，这些宝贵的记忆如同烙印般深深地刻在我心中。每当我在生活中遭遇不公平，经历磨难时，爸爸的爱和他的身影就像温暖的火炉，在我心中静静燃烧。这份爱和力量支撑着我，让我有勇气面对困境，有力量继续朝前走。正因为有了爸爸的爱，我才能以平静、踏实的心态面对这个世界。

然而，爸爸走了，在我还没有来得及好好报答他的时候，就永远地失去了他。我失去了世上最爱我的人，这是我心中无法言喻的痛。每当想到再也无法去感受那份与生俱来的、无私无畏的爱，我的心就如被撕裂般疼痛。但我会将爸爸的爱永远珍藏在心底，并努力活成他希望的样子，以此缅怀和纪念他。

女儿，妈妈的宝贝

时至今日，你已离家求学、工作整整 12 年了。自 2011 年我送你到香港上大学起，我们见面的机会就变得屈指可数。每每想起你，我的心便忍不住疼痛，思念如潮水般涌来，让我无法自控地哽咽。

我喜爱的作家说过："所谓父女母子一场，只不过意味着，你和他的缘分就是今生今世不断地在目送他的背影渐行渐远。"如今，我深切体会到了这句话的意义。我看着你的背影，在远方的路口渐行渐远，而我只能站在原地，默默地祝福你，默默地告诉你——勇敢地前行吧，孩子，不必回头。

尽管相聚的时间越来越少，但我的心中永远装着你。我为你感到骄傲和自豪，希望你能够坚定地走自己的路，勇敢地追求自己的梦想。无论何时何地，你都是我最珍爱的女儿，我的心永远与你同在。

宝贝，你是妈妈满眼的春光

回忆起你小时候，你那婴儿肥的小脸总是红红的，像是涂抹了一层淡淡的胭脂。你是否还记得上小学的第一天？妈妈骑着那辆红色的小摩托车送你。后来，无论风吹雨打，都坚持接送你上学、放学。

每当放学的铃声响起，学校周围总是被各种车辆和等待的家长们围得水泄不通。汽车、摩托车、自行车，宛如一个庞大的交响乐团，各自演奏着自己的乐章。妈妈总是担心你会在人群中走失，所以每天都会叮嘱你："放学了不要自己跑出学校大门，一定要乖乖地等妈妈来接你。"

每天下班之后，妈妈都会怀着如同与恋人约会般的激动心情，急匆匆地向你的学校赶去。我总能在学校大门外的人群中，一眼就找到你。而你也会在人群中焦急地寻找妈妈的身影。当你没看到妈妈时，便会失望地跑回大门值班室的小凳子上坐好，等待妈妈的到来。

每当这个时候，妈妈总是按捺不住内心的激动，向你跑去，轻轻地说："来，让妈妈咬一口。"你便会乖乖地把小脸凑过来，让妈妈在你的小脸上轻轻地咬一口。那一刻的甜蜜，仿佛能够穿越时空，抵过斗转星移、沧海桑田。

宝贝，从你上小学三年级开始，妈妈除了要求你完成老师布置的家庭作业，还额外给你买了3套辅导教材。每天，你需要在完成家庭作业的基础上，再解答这3套辅导教材上的题目。遇到不会的题目，你都会认真地记录在一个改错本上，第二天向老师请教。晚上，妈妈会检查你的错题本，看你是否真正掌握了这些知识点。

那时候，其他孩子都在楼下欢快地玩耍，你却能坚定地坐在书桌前，一动不动地专注于那些练习题。有时你也会心生玩念，想要偷懒片刻，但只要妈妈轻轻提醒你任务还未完成，你就会立刻回到书桌前，继续你的学习之旅，毫无怨言。

如今，20多年过去了，每当妈妈回想起那段时光，心中都充满了感慨。我的宝宝怎么那么乖，能够静下心来，一连几个小时都专注于学习，这种毅力和定力让妈妈惊讶。你的努力和坚持，是妈妈永远的骄傲和力量源泉。

你进入重点高中后，开始住校，步入了全新的学习环境。或许是好奇心和孩子爱玩的天性使然，你在学业上的专注度有所下降。直到高一第二学期分文理科时，妈妈才震惊地发现，你的学习成绩已从前三名大幅下滑至第36名。

当老师将这一情况告知妈妈时，我坐卧不宁、心急如焚。毕竟，高一第二学期的期末考试成绩不仅决定了你将来是进入文科班还是理科班，更关乎你能否跻身重点冲刺班。

记得那个晚上，妈妈与你一起坐下来，对高一各科的成绩进行了深入的分析和比较。我深知这是你自己的人生道路，需要你自己做出选择并承担责任。因此，我郑重地问你："宝贝，未来的路需要你自己走，需要你深思熟虑后做出决定，并付诸行动坚持下去。所以，报文科还是理科，这个决定权在你手中。"

第二天晚上，彩霞满天，绚丽的落日余晖洒在你的小床上，为整个房间披上了一层金色的光辉。你坐在床边，脸上洋溢着坚定的神情，对我说："妈妈，我已经想好了，我决定报文科。而且，我已经制定好了复习计划，你看一下……"

说着，你递过一张详细的学习计划表，上面清晰地列出了每天的学习任务和时间安排。

自那天晚上起，你为了克服晚上做作业的困倦，毅然决定站着完成所有老师布置的作业以及自己额外计划的作业。你不仅认真完成了作业，还坚持背书给妈妈听：你熟练地背诵历届高考满分作文，清晰地复述历史复习作业，流畅地解读地理等阅读理解题。

经过一个月的持续努力，宝贝你那胖乎乎的小脸已经瘦成了瓜子脸，原本纯真的小眼神里透露出了坚毅与果敢。你那曾经无忧无虑、清澈的笑脸，如今也显得严肃，似乎藏满了心事。妈妈深知，你正身处高度紧张的学习状态中，但你的努力和坚持让妈妈无比欣慰。

终于，功夫不负有心人。你凭借一个月的刻苦复习，成功考进了高二文科重点班。你在全校4000多名文科考生中脱颖而出，以第22名的优异成绩跻身文科重点班，这简直就是一个奇迹！妈妈心底里乐开了花，这份喜悦甚至超过了妈妈评上高级职称。

高考的脚步渐渐临近，你更加勤奋努力了。没有特殊情况，你每天都会在下晚自习后打车去老师家进行补习，以进一步提升自己的学习水平。而妈妈则会在夜里12点守在老师家门口，等待你补习结束，接你回家。

早上6点半，妈妈会准时叫你起床。你总是非常自觉，无论前一晚多晚休息，无论当时多么困倦，只要妈妈一喊"宝贝起床了"，你都会立刻回应并起床穿衣。洗漱完毕后，妈妈会开车带你去吃早餐，然后送往学校。在这半个小时的车程中，你会复述前一天晚上完成的作业和复习的内容，让妈妈了解你的学习情况。中午，妈妈会开车去接你回家吃饭。在到家之前，你会利用坐车的这段时间复述上午4节课的知识点，以加深记忆和理解。晚上，妈妈再次接你回家，你又会在车上复述下午上课的内容。通过这种日复一日的复述和总结，宝宝你已经在不知不觉中牢固掌握了所学课程的要点和重点。

就这样，你的成绩有了显著的提升。回想起来，你在整个学生时代似乎都没有真正地放松和狂欢过，总是在各科目的考试中努力追赶。你最放松的时刻，大概就是在周末抽出半天时间和最好的朋友们去吃顿肯德基、洗个澡了。

有时候，妈妈会内疚地想，是否对你的童年过于苛刻，剥夺了你应有的童真和玩耍的乐趣？有一次，妈妈带着矛盾和困惑向你的班主任老师请教："我女儿几乎没有时间玩，她会不会因此缺乏社交能力和其他生活能力？"老师回答道："那些东西进入社会后自然就会了，但是如果没有足够的书本知识，就好比人失去了双脚，难以在社会中立足。"听了老师的话，妈妈顿时豁然开朗，心中的疑虑也烟消云散了。

每到深夜，陪伴你身旁的妈妈虽感疲惫，却总会偷偷望向你，看到你依然安静、专心地复习，妈妈就感到无比的欣慰。你总是坚持完成学习计划任务后才肯休息，这份毅力和不屈不挠的精神，不仅让你自己在学业上不断前进，也一直激励着妈妈，成为妈妈前行的动力。

高三那一年冬天，随着气候逐渐转寒，妈妈开始担心你晚上熬夜学习，早上又早起复习课程，会导致睡眠不足和体力过度消耗。于是，妈妈托朋友在学校附近租了一间小房子，你睡上铺，妈妈睡下铺。这样的安排不仅节省了大量通勤时间，还为你争取了更多的学习时间。在那段时间里，妈妈每天一边做饭，一边聆听你的讲课和背诵。你的声音，成为那个冬天妈妈最温暖的陪伴。

经过12年的刻苦学习，高考终于落下了帷幕。你取得了令人瞩目的成绩，在全省排名第80名，全市位列第11名。当你踏入香港那所大学的校门时，外籍教授和学长们满脸笑容，那是由衷的、真诚的欢迎。这一幕让妈妈深切感受到了这所大学的独特风貌，同时也让妈妈终于松了一口气。自你出生以来，妈妈对你未来的人生道路充满了担忧与期盼。如今，看到你站在新的起点，即将迈向更广阔的未来，妈妈的内心充满了欣慰和喜悦。

宝贝，你是妈妈的另一颗泪珠

宝贝，自从你躺在妈妈的怀里，妈妈的世界便焕发出了春天的生机与活力。妈妈把全部的心思和注意力都倾注在了你的身上。当妈妈看到你第一次会意的微笑、第一颗乳牙的萌发、第一次蹒跚学步、第一次喊出"妈妈"的温馨时刻，还有第一次经历便秘的困扰、第一次住院输液的勇敢，以及第一次背上书包踏上求学之路的兴奋，妈妈的内心都充满了无比的幸福和满足。在这个世界上，妈妈拥有了一个与她血肉相连的宝宝，这是她生命中最珍贵的礼物。

后来，你去香港上大学了，妈妈的心里一下子变得空荡荡的，犹如游魂一般，失去了归宿。妈妈对这种情况早有了解，也努力做了心理准备，然而每天睁开眼睛，看到的只是空空的屋顶，那份落寞与空虚仍然无法填补。无数次，妈妈习惯性地走到你的房间，想要催促你起床，但每次看到的，都只是你走时留下的床铺，一切依旧，却已人去屋空。

妈妈和许多经历过高考后的离婚家庭一样，也走到了结束这段丧偶式婚姻的时候。当你得知这个消息后，立刻从香港赶了回来。那一天，你像朋友一样，在咖啡厅里，穿着一件红黑格子的衬衫，安静地坐在那里。妈妈下班后急匆匆地赶来，终于又见到了你。

妈妈多么希望能像小时候一样，紧紧地抱着你，亲吻你的脸颊，感受你的温暖。然而，当你严肃地看着妈妈，说出那句"你想怎么做，我都能理解"时，妈妈看到了你眼中的落寞与克制。虽然你的语气显得轻松，但妈妈能感受到你内心深处的悲伤。

妈妈心中顿时五味杂陈，欲哭无泪。离还是不离？这个问题让妈妈陷入了巨大的痛苦和矛盾中。妈妈和爸爸之间的沟通已经变得困难重重，甚至难得见面，关系变得疏离，就像天上的两颗星星，遥不可及。多少个日日夜夜，妈妈都是孤独地度过，盼望着你长大，等待着你能够独立生活，有自己的思维和判断。如今，你终于长大了，妈妈也决定坦诚地向你述说这件事。

　　然而，妈妈却低估了"家"在孩子心中的分量。当你坐在楼梯上放声大哭时，妈妈的心也随之破碎。妈妈和爸爸面面相觑，无言以对。妈妈和爸爸试图给你安慰，轻声问你："如果你不愿意，我们就不离了。"但你却大声喊道："你们去办吧，只要你们高兴，不用管我。"你的话让妈妈更加心痛，也让我们意识到你已经长大，有了自己的承受能力和选择。

　　随着时间的流逝，我们的伤口在岁月的抚慰下逐渐愈合。然而，妈妈也深刻地意识到，离婚给你带来了无法弥补的伤害和深远的影响。所有与缺失家庭相关的问题，都可能在妈妈的心中浮现。这让我感到无比内疚——妈妈是不是过于自私了？如今，你在澳大利亚从事教育工作，与孩子们相伴。妈妈希望那些纯真的笑容和宽阔的海岸线，能够疗愈妈妈给你带来的心灵创伤。我衷心地期盼，每天都能看到你开心的笑脸，愿你的生活充满阳光和快乐。

舅舅和舅妈

舅舅和舅妈都已经 84 岁高龄了。前几日，舅妈在卫生间不慎摔倒，导致腰椎骨裂，剧烈的疼痛让她只能卧床休息。在医院手术后，她身上配了一个硬质的护腰支具。原本就瘦弱的舅妈因疼痛而脸色苍白、没有食欲。即便现在回家休养，她也只能直挺挺地坐在靠背椅上。

舅舅自己也已年迈，步履蹒跚，虽然他想照顾舅妈，但却力不从心。表弟表妹们对此深感忧虑，然而他们都有工作，无法提供全天候的照料。经过兄妹几人的商议，他们一致认为聘请一位负责任、勤快的保姆是最合适的解决方案。但他们也担心父母会反对，因为之前曾提及此事时，遭到了父母的坚决拒绝，理由是家中出现陌生人会让他们感到不便。正当大家一筹莫展之际，表妹提议道："这次妈妈行动不便，或许会改变主意。我们晚上试试跟他们沟通吧！"

晚上吃完饭，大家围坐在一起，却没人先开口提及保姆的事。我见状忍不住了，率先打破了沉默："舅舅，舅妈现在行动不便，俗话说'伤筋动骨一百天'，表弟表妹们都要上班，也不能时刻照顾你们。现在做饭和照顾舅妈对您来说都很吃力，要不我们找个保姆来替您和他们分担一些吧？"舅妈默默地没有说话，舅舅则沉思了一会儿，回应道："现在请保姆还不必要，我们还能应付一日三餐。而且，你们不是已经买了一个移动马桶放在床边了吗？"大家纷纷劝说舅舅，但他仍然坚持己见。于是，我们只好重新想办法：表妹住得稍近，就负责每天送两顿饭；而表弟住得较远，就负责晚上过来陪伴。大家只能走一步看一步了。

第二天一早，舅舅便打电话给表妹，告知她不用送饭了。舅舅解释说，他们的老伙伴们已经商量好，每天都会有人来家里陪伴他们。这些老伙伴是舅舅、舅妈年轻时的同学，他们之间的友谊已经维系了60多年。以往，他们每周都会约定见面聚餐一次，如今听闻舅妈行动不便，便决定分批次每天来陪伴舅舅和舅妈。

清晨，电话铃声响起，舅舅接起电话，听闻老伙伴们一会儿要来，他欣喜地说道："欢迎，欢迎，我们在家等你们。"挂断电话后，舅舅兴奋得佝偻着腰，在房间里忙忙碌碌地穿梭，准备迎接老伙伴的到来。舅妈看着他忙碌的身影，笑着提醒他："你别乱忙了，我头都晕了。"舅舅一边忙碌着，一边回应道："我得准备好做家乡菜的材料啊，你不要管我。"

舅舅忙完准备工作后，气喘吁吁地坐在沙发上，目不转睛地盯着墙上的挂钟。然而，时间一分一秒地流逝，已经过去了3个小时，门铃却迟迟没有响起。舅舅和舅妈只好坐在沙发上打盹，等待着老伙伴的到来。

将近中午12点，终于响起了敲门声。两个老人从迷迷糊糊的睡梦中惊醒，舅舅急忙打开门，只见4位发小依次走了进来。周姨一进门就高声喊道："老郑，你怎么这么不小心，路都走不好了？害得我们跑半个城过来看你。"舅妈乐呵呵地回应道："老了，不中用了。知道你们要来，我们已经准备好了小时候你们爱吃的卤米线。"

周教授是唯一的男性，他进门后一直艰难地移动着。由于中风后遗症，他的右腿只能以10厘米为步幅一点点地挪动。屋内的欢声笑语持续了好一阵子，才有人意识到他还没进来，刘阿姨赶忙站起来，对着门外喊道："老周，需不需要我来拉你一把？"周教授回答道："不用，不用，我自己能走。"刘阿姨打趣道："你还不肯让人拉，照你这速度，得走到猴年马月去呢。"

等到周教授终于挪步到沙发上坐下，放下手中的袋子，张阿姨好奇地问："你拿的是什么东西？"说完，她伸手从袋子里拿出了一包破酥包子。周教授急忙解释说："这是贵阳特色的破酥包子，我费了好大劲才买到的。"快人快语的张阿姨调侃道："老周，你什么时候变得这么接地气了？小时候你可高傲得很，我们都以为你只会读书不会吃饭，简直是神仙下凡呢。"

杨阿姨放下手里的玉米饼，关切地说："周教授，你得去做个手术把右眼皮提一提，不然以后都看不见我们了。"原来，周教授的右眼病变，导致眼皮几乎完全耷拉了下来。

大家纷纷放下手中的礼品——风味独特的凉皮、香喷喷的破酥包子、金丝卷和玉米饼等等，开始互相打趣，回忆儿时的绰号，谁被叫作"三出恭"，谁又被戏称为"小憨包"……欢声笑语尽显浓浓的情谊和岁月的沉淀。

舅舅迫不及待地大声呼喊："快点，米线好了，大家来吃吧！"

吃完米线后，大家转移到阳台的麻将桌旁，开始打麻将。舅妈也被小心翼翼地挪到麻将桌旁，等待着替换下场的人。

虽然保姆最终还是没有请成，但舅舅、舅妈的老朋友们真的如他们所说，每天轮流来陪伴他们。在这样的陪伴下，舅舅、舅妈似乎忘记了因舅妈骨裂带来的生活不便。这或许就是最好的安排吧，毕竟，孝顺的关键在于"顺"，只要他们开心，对子女来说，就是最大的孝顺了。

弟妹，你在天堂还好吗？

那天，我走进位于 21 楼的家门，打开客厅灯，却意外发现灯熄灭了。在这个小区已经居住了一年多了，从未遇到过停电的情况。这里是高层小区，楼高 33 层，停电可不是小事。

我左手开门，右手紧紧搀着弟妹。她穿着厚厚的睡衣，外面还裹着一床毯子，虚弱得几乎无法站立，大部分身体都靠在我身上。为了打破这沉重的气氛，我轻声说："我扶你去沙发上坐会儿，可能是跳闸了，我去看看。"她轻轻地点了点头。我们慢慢地走到落地窗前，我让她躺在舒适的躺椅上。

窗外，21 楼的高度让我们可以俯瞰整片灯火阑珊。弟妹那张美丽的脸庞，此刻显得异常平静，眼中闪烁着微弱的星光。我内心波涛汹涌，却努力保持平静："阿丽，你稍微休息一下，我去物业问问怎么回事。"她目不转睛地看着窗外，轻声回答："好的，姐姐。你去问吧，我想静静。"

电梯间灯火通明，我急匆匆地赶往物业。心中对独自在家的弟妹充满了担忧。这半年来，她一直在医院接受化疗和放疗。这次国庆节，她特地想回家看看。我记得那天她对我说："姐，你新买的房子，我想去看看。"虽然是 10 月，但秋风已经带来了阵阵凉意。我担心她受凉，特意拿了一床毯子裹着她，扶她上车，带她来到我的新家。

回想起 2 月时，她被诊断出癌症，那消息对我来说犹如晴天霹雳。她是那么善良、温婉的一个人，对家人无微不至的照顾，对公婆的孝顺，对我的尊重，让我无法接受这样的命运安排。老天爷为何如此不公？一想到这些，我的眼泪就止不住地流。医生告诉我们，她可能无法熬过这个月了。我们全家都陷入了巨大的悲痛之中。然而，她依然坚强地面对生活，每天早起，坚持在院子里散步锻炼。看着她裹着厚厚的棉衣、艰难地移动脚步的身影，我的心都碎了！

在物业处得知，他们已经联系供电公司并正在查找原因后，我急匆匆地赶回家中。家门大开着，我冲进屋里对弟妹说："我马上给你倒水喝，电应该很快就来了。"但她已经挣扎着站起来了，说："姐，我想回家了，我很难受。"看着她痛苦的表情，我心如刀绞。我双手从后面抱着她安慰道："等你病好了，我给你做你最爱吃的红烧牛肉。"然而，我知道这只是一个美好的愿望而已。

我们刚跨出家门准备离开时，可恶的灯却突然亮了。"电来了，再坐会儿吧！吃点水果再走。"我试图挽留她，但她拒绝了，脸上露出更加痛苦的表情——应该是疼痛加剧了。出了电梯，一阵冷风吹来，我帮她整理好裹在身上的毯子，只露出了她一小部分脸庞。然后我紧紧地搀着她，直到上车。回到家后不久，她便沉沉地睡去了。

几天后，她安静地离开了我们，永远地离开了这个世界，生命定格在42岁。

每次夜幕降临、灯光未亮时，我总会想起她那晚坐在我家窗前的身影，想起她眼里闪烁着灯火的光芒的样子。每到那时，我眼中蓄满泪水。

黄自平老师，我们想念您

40多年前一个夏天的晚上，堂姐带着我到了华山西路华国巷找著名的高考辅导老师黄自平。昏黄的灯光下，一群如我一样对于学习充满渴望的同龄人围坐在一起。未见其人，先闻其声："你再乱说，把手伸出来！"堂姐喊："黄老师！"从同学身后闪出一个人影。这是我第一次见到黄老师的情境。

那是个难忘的集体。白天同学们各自到自己的学校，晚上集中到黄老师这里，没有书桌、没有椅子，同学们坐在小板凳上求知若渴地围在黄老师身边，黄老师左手撑着身体，右手在身边的小黑板上讲解数学题、物理题……黄老师细眯着眼睛，犀利的目光从眼镜后面射出来："赵晓，你把第三段英语课文背出来大家听。背不出来，中午饭就不要吃了。"

那时高考是每个考生家庭的头等大事。张海迪"人残志不残"的英雄事迹风靡全国。我们的黄自平老师是"张海迪第二"，因为从小生病得了风湿性关节炎，他身体萎缩到只有正常人的三分之一，黄老师的大脑没有受到影响，自学完从小学到大学的所有课程。黄老师先是无偿地帮左右邻居的小孩补课，因为效果很好，请他补课的同学越来越多。后来黄老师的学生升入各所大学：北京交通大学、北京师范大学、哈尔滨工业大学、西南大学、成都科学技术大学……

寒暑假期间，学长们三五成群来到黄老师的住所，也是特殊的学校：华山西路华国巷。学长们带着骄傲和自豪，一副过来人的得意、玩味和开心，让还在苦读的学弟学妹们羡慕不已。黄老师看着学长们如看着胜利果实，很是满足，像是他的儿女一样，并借机对我们嚷嚷："你可以像某某一样考取北京师范大学吗？你有本事像某某一样考取某某师范大学吗？没有把握就给我老老实实做题去，做完拿来我检查！"在黄老师的吆喝下，大家悻悻地拿习题和作业去旁边的小房间里继续做题。隔壁的学长们在和黄老师谈论着他们进入大学不一样的体验、当地的风土人情，开怀大笑的声音传过来，让隔壁的学弟学妹们羡慕不已。

天气晴朗、阳光明媚的时候，黄老师会带领大家到翠湖换个环境学习。男生用轮椅推着黄老师在人群里左冲右突，嘴里高声喊着："小心热水！小心热水！"听到喊叫声的人们迅速躲闪开，让出一条路。我们嘻嘻哈哈地笑着，黄老师哭笑不得地附和着。

有时就是过不了关，古文背诵一遍一遍背不出来，黄老师一怒之下把书摔过来："重新背去，我看你今天是不想吃饭了！"已经背完的同学兴高采烈地拿着碗跑了，对于没背过的同学，黄老师也会心软，说："赶紧去，吃完饭继续给我背！"一时间小屋空空如也，只剩黄老师手抵下巴默默地坐在小床上，思考着我们不知道的远方。同学们打饭回来，和黄老师一起吃着各类清淡的菜，那便是一天中最活泼开心的时刻。

有时上完晚自习已是夜里 11 点多，男生用自行车载着女生顶着深秋满是寒凉的大风，到西站买烧饵块，2 毛钱的烧饵块是当时最美味的零食，又或者下课就奔到艺术剧院对面的西餐厅买 2 毛钱一杯的热牛奶，奇香无比的味道是手里有一点点闲钱就心痒的美味念想。

后来，黄老师有了名气，省上领导到华国巷看望黄老师，各路记者陆续到华国巷采访。记得那天，《春城晚报》首次刊登黄老师的事迹，我们几个开心得一路疯跑，把正义路、长春路上报刊亭里的《春城晚报》买完，乐呵呵地逢人就送。不久，讲述黄老师经历的纪录片在电影院上映，同学们推着黄老师去电影院的时候更是一路欢笑。大伙自豪地看着荧幕上黄老师和自己的身影。这一切荣誉并没有让黄老师沾沾自喜，反倒是我们有了飘飘欲仙的感觉。

接着，五华区政府给黄老师上课的地方配备桌椅板凳，我们终于不用在膝盖上记笔记、做作业了，不用争抢那个破败得看不出颜色的小方桌了。男生们用手推车去拉那些铁质的桌椅板凳，我们女生跟在后面扶着。于是黄老师隔壁多了一间没有门窗的教室，中午还可以趴在桌子上午休一下。

到了周末，男生们带着黄老师去澡堂洗澡，我们女生有时帮着洗黄老师的衣服被子。门口铁丝上晾晒着黄老师、同学们的衣服，阳光温暖地照耀着小院。有男生放开嗓子高声唱着当时流行的《我的中国心》，气氛立刻热烈奔放起来，让人回味无穷！

40多年过去了，黄老师看着远方的神情，敏捷的收放有度的话语还常常浮现在我的脑海。我自始至终没有看出他所经历的苦痛、他的磨难和异于常人的困顿和艰难。他所释放出来的是积极、乐观、开朗和向目标前进的毅力。这些对我们的人生之路所要经历的坎坷起伏，具有重要的激励作用。

很庆幸，在年少时，在人生起步时遇上黄自平老师，遇上同门师兄妹；在清澈的岁月里，遇上清澈的你们。今后的一生中，有这段难得的令我回味无穷的快乐日子，有这份难得的精神财富，实属幸运。

阳光明媚的姨妈

　　姨妈 95 岁了，她老人家除了耳朵有些听不清外，其他方面比 58 岁的我还要灵敏很多。有时候都感觉我俩颠倒了，我是 95 岁，姨妈才是 58 岁。

　　记得小时候，第一次去姨妈家，姨妈听闻妈妈要带着我和弟弟去楚雄他们家，于是写信各种叮嘱。坐了两天的车终于到站，远远地就看见姨妈开心地一路小跑过来迎接我们。姨妈漂亮的脸上微微出汗，汗珠在灿烂的阳光下闪着亮光。姨妈一只手接过妈妈手里的人造革提包，另一只手牵着我，说："明明长这么高了，弟弟也长大了，几年没见都变样了！"姨妈一路都在寒暄。

　　早先听妈妈聊到姨妈的时候，眼神总是透露着骄傲，说姨妈年轻时候是他们县城出名的四大美女之一。果然，姨妈真是漂亮，白里透红的脸庞、端庄大气，大大的丹凤眼，小而精巧的嘴，鼻子高高的，笑起来如春风袭来般温暖。妈妈说 1949 年，姨妈穿着中国人民解放军的服装，腰上别着手枪，英姿飒爽，她从街上走过就是一道亮丽的风景线，追求姨妈的人排长队。

　　当时是南下干部的姨爹苦苦追求姨妈许久，姨妈才同意嫁给姨爹。姨爹是北方人，耿直爽朗、倔强。左眼在战场上被日本兵的刺刀挑瞎了，只有右眼能看见。我小时候不敢正眼看姨爹，看不见的那只左眼没有黑眼仁，白白的、鼓鼓的，显得很凶。大葱、大蒜、面片、馒头是他们家的主食，这都是我们南方人不喜好的食物。每到吃饭时，我就盼望能端上来一盘香肠和腊肉就好了。我很小的时候，心里偷偷想，姨妈那么漂亮，怎么看上姨爹的呢？着实为姨妈惋惜哀叹。渐渐长大才释然，爱是心灵开出的花，它不听从外来的干扰。

　　在姨妈家住是我人生中最快乐的日子。我小时候总尿床，出虚汗，姨妈请朋友找来鸽子和胎盘炖汤给我喝，后来又找来各种偏方把我医好了。

那时很难穿上新衣服，每次到了姨妈家，她都要想办法请人给我和弟弟每人做一套新衣服。表哥表姐都没有，他们便生气。姨妈就哄他们说："你们的衣服要买更漂亮的布呢，做出来更好看。"

再后来姨妈生了表妹，便很少有机会见到姨妈了。姨妈通常是以通信的方式与我们家联系着。信上姨妈会聊家常，会教妈妈怎么管教我们，怎么和爸爸相处，教妈妈遇事要想开。

记得我从学校毕业等待工作分配时，我和妈妈去看望姨妈。姨妈正在生病，是非常严重的肾炎，全身浮肿，整个脸都发黑，躺在沙发上，身上盖着许多被子、毛毯，说话有气无力。表姐说是累的，姨爹离世前瘫痪在床上10多年，一直是姨妈照顾。姨爹脾气暴躁，一不如意就发脾气，表姐表哥都在忙工作，家里的事帮不了多少忙。到姨爹离世时，姨妈病倒了。

再次看见姨妈，是我的女儿10岁时，姨妈已经78岁，我和妈妈带着女儿又去楚雄。姨妈一头银白色的自来卷短发，白皙的皮肤，精神矍铄。每天早上穿着一身雪白的太极拳服，飘逸地在公园打完太极拳，回到家看书、记日记、追剧。我问姨妈她的病是怎么医治好的？姨妈陷入沉思，良久后说："那几年病得很重，以为活不长了，各个大医院都看过，不见好转。后来看中医，自己综合各个专家的药方，总结出适合自己的方子，不断调整。后来就好了，过了鬼门关了。"这等于姨妈的肾炎是自己医治好的！

今年姨妈95岁了，仍然思维清晰，说话有理有据。那天搬出10多本读书笔记和日记本，还有在各种杂志、报纸上摘录下来的保健信息，简直看呆了我。我惊讶地问姨妈："这些都是你自己写的呀？"姨妈说："是的呀！我每天坚持，这些年一天都没有落下。你看看你有没有能用上的，你抄录些，这些养生知识很有用的。"随后，姨妈搂着我悄悄地说："你要保重身体，要自私点，你好了才有能力管家里人。人靠衣装，你这件衣服不适合你，不要太省钱，过了这个年龄，有些衣服想穿都穿不了啦！"

每次见姨妈，她都要语重心长地教导我一番。看着95岁的姨妈，我的心里一片阳光明媚，女人生活的样子就是要自信、透彻。她鼓励我要温暖地面对生活，坚持做自己。

护工张姐

　　我去医院体检，在医院的门诊楼前遇到护工张姐，她是母亲住院时请的最后一个护工。

　　距离母亲走那年已经过去了7年，我一想起母亲必定会想起张姐。时隔7年，张姐除了头发白了些，其他变化不是很大，仍然眼神灵动、满脸真诚，一副聪明耐劳的农村妇女模样。她急匆匆地从我身旁走过，我惊喜地叫了一声："张姐！"她站住转头看见我，说："小李，你来医院做什么？"她担心地问我。我看出了她的关切，忙说："我是来体检的。"听罢，她松了口气："哦，好，好。"我忙问："张姐，你还在医院做事吗？""是啊！不做这个，别的也不会做呀！""你不要累着了，张姐，做不动就回家休息，苦了一辈子，也该歇歇了！"我忙劝张姐。"儿子结婚了，在昆明买了房，欠了好多贷款，我和他爸爸再苦几年，帮他能还点是一点。"张姐的老公也是个老实人，张姐把他从乡下老家喊来在楼上11楼做男护工。我还在发愣时，张姐说："小李，我就不和你说了，主人家叫我来缴费，我赶紧去了。""好的张姐，你赶快去忙去，有需要我帮忙了打电话给我，我的电话号码没有变。"看着张姐急匆匆的背影，我又想起妈妈那最后的日子。

　　那时候护工工资每天120元，中介提走费用只剩82元，他们两口子在医院附近租了一个单间，每个月了吃饭房租费，还剩3000左右。这笔钱对他们来说，比在家里务农收入高，算是一笔大收入了。

　　张姐护理母亲的时候，我每天送饭的时候把他们两口子的饭一起送来，一是省了他们回去煮饭的时间，二是也帮他们省点伙食费。每到吃饭的时候，她老公就从11楼下来，吃完赶紧又上去，他护理的是一个退休老干部，家属看得很紧，不敢长时间不在。

母亲每年都要住几次院，可那次是最后一次，也是最难忘的一次。那时母亲已是重度老年痴呆，小脑萎缩，对自己的思想、行为已经无控制能力。有几次母亲固执地挣扎着要起来做饭，嘴里说着："到煮饭时间了，赶快煮饭去，他们回来要吃饭的。"张姐只得爬起来帮母亲穿好衣服，折腾久了，母亲累了，就会忘记做饭这件事，张姐只得陪着母亲静静地坐在沙发上，防止母亲开门跑出去（这样的事已经发生过），那样的情况常常是夜里三四点。张姐知道我第二天要上班，怕影响我工作，一般不会打扰我，有时母亲闹得厉害，实在没有办法她才会打电话叫我来医院。因此，张姐基本晚上都不能睡囫囵觉，第二天我们家人会换她在沙发上睡一下。

护理母亲吃饭是最大的问题，张姐就像对小孩一样耐心地哄着喂母亲。刚吃完没一会儿，母亲又说要吃饭，待张姐做好，母亲又不吃了。三番五次地折腾，我们都有些不耐烦了，张姐仍然不厌其烦地一遍一遍重复做，偶尔母亲吃几口，她就很开心。

因为我每天上班不能迟到，张姐怕影响我，到了晚上11点她就催我回家。母亲固执地不准我走，张姐就凑在母亲耳旁劝说："老大在银行上班，她晚上睡不好上班会数错钱，会赔钱的！"母亲好像听懂了，不出声了，张姐悄悄推我出门："你赶紧走，你妈看不见你就不会闹了。"

可是我知道晚上的母亲并不比白天好照管，常常半夜吵着要回家。有几次听护士说母亲闹得太凶，张姐没办法就去找护士来帮忙，这些情况张姐都没有跟我说过，我问她，她轻描淡写地说："没事的，你忙你的，不要耽误你。"

一次中午给母亲喂完饭，让母亲躺下，母亲絮絮叨叨地和坐在床边的我讲她年轻时候的事，张姐洗完碗坐过来陪我们，她刚坐下就发现床下面有血，凭经验张姐一把拉开被子，发现母亲腰以下都是血，我吓得不知所措，张姐冲向门外声嘶力竭地喊："医生！医生！"医生护士都急速跑来。原来是母亲把埋在腹股沟的针管拔了，血汩汩地流出来，接着各种抢救止血，母亲被救了回来，不敢想象如果张姐没有发现会是什么结果。至今想起来，张姐的喊叫声还在耳旁回响。

一般每隔 2 个小时，张姐就要服侍母亲大小便，有时母亲会拉在床上，张姐从来没有嫌弃过，和我一起洗脏了的衣服，帮母亲擦身体。我常常看着张姐认真熟练地做这些事，特别感动，很佩服她。有时我歉意地看着她，她明白我的意思，说："我们护工就是做这些的，拿了你们的钱就要对得起你们嘛。"这么朴素的道理，有时候我们明白但做不到。

母亲走那天，看着母亲慢慢地停止呼吸，家人们又急又痛地乱作一团，喊医生、喊护士、给母亲擦洗、穿寿衣、打电话给殡仪馆，每个人都在慌乱中。我看见张姐有条不紊地帮母亲穿上鞋、脚上系上红带子、盖上红头布，这些风俗我们都不知道，是张姐默默地给我们补上的。

我想她的工作完成了，辛苦了一个多月，把工钱结给她，让她休息去了。她拿过工钱满脸的不舍和担心，说："还要我帮什么忙吗？"看着她发自内心的真诚，不禁万分感谢！在最困难。最悲伤的这段时间，感谢有她贴心的、胜似亲人的帮助，和我们一起度过母亲最后的日子。从张姐身上我悟出个道理，工作不分高低，只要真心对待、真心付出，终会在某个地方闪耀自己的光辉。

感恩遇见

结识尊敬的作家老师们

有幸受青年作家网汪总编和刘主席邀请，第一次参加文学采风活动，与来自全国各地的作家老师们欢聚一堂。对我来说，这次采风是人生中的一次难得的机会，也是我生命中的里程碑。

12月11日，我从昆明坐飞机到达西安，再坐高铁到三门峡，一路上兴奋不已地想象着：平时常常见文不见人的老师们一起出现在眼前，那是一个多么难得有趣的画面。笔名后面的老师，是不是如他们的文章一样？女老师们都有着明亮的双眼、粉白的面颊，笑起来就像桃花般柔美鲜艳，或者是梨花般柔弱楚楚动人。男老师或是一威武霸气的男生？有着朴素笔名的他，是一个纯朴的来自基层乡镇的小伙吗？有着清澈的眼眸，常是憨厚咧嘴、羞涩的微笑，或者是一个农村大叔？又或者是一个厌倦城市白领生活的文弱书生？总是写童话故事的老师长得什么样？她笔下的童话故事那样生动可爱，从她的文章里看见可爱的孩子们聪明、天真的笑脸，她是幼稚园的老师吗？还有经常写有关法律知识的丁丁，他是不是一个严肃、理性不苟言笑的帅小伙，还是一个中年大叔呢？

终于到了，"三门峡"三个大字已出现在眼前。传说北方很冷，冷到要套穿至少两件羽绒服，三双棉袜。可是下车了，看到的是阳光明媚，行人慢步悠然地享受着冬日阳光。

汪总编这次操碎了心，他就像平时通话声音中我们想象的那样温文儒雅、帅气！时时温馨地提示指导大家，是那样温暖、亲切。当老师们出现在眼前时，果然印证了女老师们个个如她们的文字一样清新、婉约、美丽、热情；男老师们都是那样谦虚、朴实、和蔼可亲。爱开玩笑的陶老师实际是一个真诚善良的小伙子，读他的文章总是被他的真诚感动。不是说文人相轻吗？可在他们身上没有一点骄躁和文人的清高，如果走在街上不介绍你都不相信他们是写出几十万字、发表多篇文章的作家。

大家好像前世就认识的老朋友。韩湘生老师圆润的脸上，细细的眼睛，一团和气，亲切地对我们微微一笑。赵美容老师如她的文字一样美丽温婉、还有聪明可爱的文澜珊、开朗快乐的小苹果潘洁、像前世的姐妹一样的谷老师。作家韩老师在交流会上侃侃而谈，有人提议请韩老师谈谈他的获奖长篇新作，韩老师很乐意地分享了他的作品。

追怀甘棠精神

甘棠苑是在原来的召公祠原址基础上建立的，昔姬周初立，召公治陕，后人以此倡导召公思想："敬德治国、敬德保民。""劳己不劳民，为公不为私。"召公精神开创了民本思想的先河。

民族思想家吴启民先生为使召公精神发扬光大，20年来，自筹几千万资金亲自参与设计、施工，不断完善甘棠苑。吴启民先生是一个刚毅的、睿智的、有家国情怀的企业家、思想家。他站在中国传统文化——召公文化的基础上，用一颗拳拳的爱国爱民之心、用召公精神和智慧去推进当今时代清正廉洁的为官思想。党的十八大召开以来，甘棠之美和召伯之美在全国推行。召公思想中宁劳一身，不劳百姓的勤政爱民精神，正是国家治国所倡导的为官精神。甘棠文化在吴启民先生的积极推动下，正在全国被广泛推崇。

感谢吴启民先生既教育和提炼了我们的精神思想，又让我们欣赏了三门峡的景物风貌，还品尝了北方美食，一饱口福和眼福。这次难忘的采风，将是我一生中最美好的记忆！

盲人按摩师

因为腰椎、颈椎多年不好，所以按摩店成了我生活中必不可少的去处。在按摩店即能得到医治又能得到放松，可谓一举两得。市里的按摩店都让我尝试遍了，一家又一家地体验成了我生活中一件幸福的事。按摩店里的按摩师有医院离职的医生、有职业技术学校专业的学生，更多的是盲人按摩师。

一通体验之后，令我印象最深的是"小惠按摩店"。店主就是小惠。小惠是个天生的盲人，老家是云南文山州山区里的。她说她家离文山州还有半天的路程，要坐马车和走路轮换着才能到家。说起这些，我们明眼人都感觉艰难困苦的事，却在她话语间没有感受到一点点沮丧的情绪。她是先天性失明，眼睛里的眼仁是白色的，好几次我都想仔细观察一下她的眼睛，最终都没有敢仔细看。一是内心有些隐隐的疼，二是感觉有些不尊重她。

一次，我问她怎么从那么远的地方来到这里的。她开心地说："因为别人介绍，认识了这里的盲人陈师，所以嫁到这里来啦！"陈师也是先天性失明，他话不多，总是默默地、尽心尽力地给每个客户按摩，一般按摩时间是 1 小时，他按摩都会超过 1 小时，但是他从不计较，客人们都非常喜欢他的手法。

一想到他们，我就会充满悲悯的情绪：如果是自己，会怎么样呢？好多次我偷偷闭上眼睛，在家摸索着活动，都被恐惧和摔跤吓住了。

每次和他们接触，我都会有不同的感慨和认知。通常我去按摩店离店还有 50 多米时，小惠的老公陈师远远地就大声喊："李师来了！"我总是惊诧于他们耳朵的灵敏，未见其人已闻其声，说的就是他们吧！接着陈师又喊："小惠，李师来了，赶紧出来帮她按摩！"在惊异和感动中我有了回家的感觉。陈师知道我喜欢让小惠按摩，小惠触摸着墙壁从里间走出来，头不自觉地轻轻左右晃动，她在靠听细微的声响辨识着方向。

今天，她穿着一件大红色的短风衣，端正的脸上微微一笑，每次看见这样自然、坦荡、如沐春风的小惠，竟有别样感觉。回想一下，来了他们店无数次，就从来没有见过小惠有颓丧的时候。记得她怀孕7个月时，还在为客人按摩。我劝她："别累着了，小心你和孩子的安全，孕妇最怕横着使劲儿了。"她答："不怕的，我们没有那么娇气。"她手上力道一点没少。过了不长时间，我再次去按摩店，小惠已经背着儿子给客人按摩了。我们都心疼她，按摩时间不到就对小惠说："可以了，不按了。"可是她总是说："收了你们的钱，就要时间到了才行嘛！你们的钱也是辛辛苦苦挣来的呀！"

她的按摩技术很好，疼痛部位按得又准又有力。有一段时间听她说，打算要去大学进修学习，她说她的按摩技术是跟老公学的，想去正规大学再系统地好好深造下。听她说这番话，我很是惊讶，且不说我得过且过的生活态度，有吃有喝就已满足，她一个双目失明的人说这样的话，无疑在我麻木的脑子里炸响一个惊雷。看着小惠不甚合体的衣服、无神地转动的眼睛，如果她是一个健全人，凭她的聪明、志向、毅力，应该站在更广阔的人生舞台上。

那天，我正在非常舒服地感受着小惠高超的按摩技术时，听到她说："新街那里的KTV很不错啊！"这让我吃惊不小。一问才知道，原来，昨晚有个经常到他们这里按摩的客人带他们去KTV唱歌了！他们6个盲人按摩师都去了，那个客人用车拉他们去的，唱到晚上11点多，又把他们送回来。他们不用看歌词，听两遍就记得了。听小惠说得津津有味，我也被感染得激动起来，为他们的生活态度所振奋。

因为按摩店只有小惠一个女性，每天一早，小惠第一件事就是要背着背篓去买6个人的菜和生活用品，要趁没有客人的时候做饭、炒菜、洗衣服、管儿子上学，督促他学习。在这些背景下，她自己还要不断学习，提高技术。这一切她都是在什么都看不见、摸黑的状态下进行。一次我问小惠："你怎么做到炒菜时不下错菜？放油、盐、佐料的时候放多少？小惠轻松地说："菜和佐料我按顺序放，放多少佐料我有感觉的，我一次都没有放错过哦！"

看她自信、自豪的样子，我无比佩服。我常常惊异我每次刚进门，她就凭我的脚步声引领着我，说："李姐，你来这张床！"这声音多么特殊和温暖。

一天，小惠一边帮我按摩，一边悄悄地对我说："我怀老二了，你看出来了吗？"正在迷糊状态的我惊得立即清醒过来，冒失地问："万一他眼睛看不见怎么办？"小惠轻轻地说："我们找医生做了B超了，是个女儿，眼睛没有问题。"我听出她话语中也有丝丝不安。我还想追问B超能否确定孩子的眼睛有没有问题，想想还是不问了，她一定做好承受各种情况的心理准备了。我只能默默祈祷小惠的小女儿眼聪目明。还好，在大家的担忧中，小惠顺利生下女儿，孩子的眼睛是正常的，大家庆幸地长长吁了一口气。

我们和他们生活在同一个空间，一举一动都有光的照亮，有光与我们同行。真、善、美在于我们能不能坚守，而对于他们要用自己内心去想象、摸索、感受，继而牢牢地相信和坚持。他们每天生活在一个漆黑的世界里，而每天经历的事务、完成的工作和我们是一样的！他们要用比我们多很多倍的努力和坚持，才能度过我们正常度过的一天！

上帝多么不公平：给了他们漆黑一片。还好，上帝又发了一颗善心，给了他们不平凡的毅力、坚忍、聪慧和一颗随遇而安的平常心。

我心烦想不开的时候，就去小惠的按摩店，看他们6个盲人按摩师聊工作、谈时事、打趣、嘲笑谈恋爱的小师傅……满屋欢声笑语，朝气蓬勃，津津有味，仿佛云开日出。

牵　挂

　　响亮的喇叭吆喝声一声高过一声："磨剪子，抢菜刀。"

　　正是吃午饭的时候。刚好阳光明媚，老明的快餐店门口已经支了6张小方桌，小桌子已坐满了人。用餐的人都是附近写字楼的上班族。老明听到吆喝声，知道是那个磨刀的老人又来了。老人永远穿着一件油光发亮的黑色棉衣，应该是很长时间没有洗了。此刻，他走在街对面左顾右盼，希望有哪家餐馆叫他一声：磨刀。看他没有过来，老明赶紧对工人小刘说："你去喊他过来，我去盛饭。"说完就赶快拿着盛饭的大碗扒开拥挤在打菜炉前的人群，每样菜打一些直到装得满满一碗端着来到门外。

　　不知道是第几次了，每次看见这个老人，老明就觉得心酸。老人看上去有70多岁了，油亮的衣服一看就是独居老人，已经开口的皮鞋无疑是捡来的，因为大了几码走路拖出很大的声响，瘦削的瓜子脸黑乎乎的，并且还有红色的糜烂斑点。然而老人的眼神是那么真诚，满脸的谦卑讨好。

　　"大爹，给你。"老明快步迎上去，把饭碗递给老人，老人还在东张西望，看见递过来的饭碗连忙说："谢谢啦，谢谢啦，你是好人，你一定有好报。"老明帮老人放下肩上的担子，老人就势坐在磨刀凳上，看着老人狼吞虎咽地大口吃饭，转身回店里打了一碗排骨汤端出来，放在老人身旁的凳子上。老人低头吃饭的样子，让老明时时想起自己的父亲，父亲也如此勤劳、谦卑、满脸慈详。

　　"老人家，您今年高寿？生意好不好啊？"老明问。"我今年78岁了。生意不好啊，今天转了一天，连10元钱都没有挣到啊！我已经一天半没有吃饭了，走路脚都发软了。"10元钱磨一把刀，现在有了各种磨刀的办法，谁还出钱请人磨刀啊？这个行业是几十年前的营生，早就被淘汰了。可是老人还一直操劳着已经没有出路的活计，这更加让人揪心。看着老人满是皱纹衰老的脸，老明鼻子发酸，说："您有儿女吗？""唉，不要说了，说了我生气得很。昨天是我的生日，我叫儿子过来看看我，想喊他帮我交一下75元的房租费，房东催我几次了。他过来了，反倒跟我要钱。"老明倒吸一口凉气，说："他没有工作吗？"老人叹气说："他干什么都干不长，他才3岁时，他妈就走了，是我一个人把他带大，现在已经48岁了，还没有成家，一有钱就赌，没钱就来找我要，不成器啊！"

记得第一次老人来店里是个阴天，老人又冷又饿，肩上扛着磨刀的架子，走路东倒西歪，嘴里喊着"磨剪子，抢菜刀"。老明把老人迎进店里，让老人吃一点饭，这期间才发现老人感冒了，一把鼻子一把眼泪的，时不时的咳嗽挣扎得脸色发紫。老明仿佛看见了爸爸的影子，心疼得要命。小时候，因为爸爸怕孩子们没有营养，自己学着养猪，冬天，老明常常看见爸爸用冷水洗猪菜，也是这么一边流清鼻涕，一边喊孩子们进屋，说外边冷，手上还不停地在冰水里洗着。

老明急忙去旁边的药店买了些感冒消炎药，看着老人吃下去，然后又交代老人按时吃。老人万分感谢地走了。看着老人离去的背影，是那么孤单、悲凉。

此刻，老人吃完了饭，露出难得舒展的神态，吃饱饭这件事对老人来说已经是非常奢侈了。老明又拿了200元钱塞在老人的上衣口袋里，老人躲闪，却还是拗不过老明，只好接住钱，向老明说了声："谢谢。"

看着老人蹒跚而去的背影，老明不知道自己还能做什么。

我最好的亲人们

今年的 5 月 1 日，劳动节放假，我第一次真正体会"劳动节"的含义。从银行 10 楼的办公室到苦苦经营快餐店一年半，从请厨师到自己掌勺这一年半的时间，我一天都不敢松懈，其中的辛苦只有自己知道，终于盼来了亲爱的"劳动节"。于是，我放下菜本、菜柜、调料、大勺，到楚雄姨妈家休闲度假去。

刚到楚雄，表姐就来电话了："明明你快到了吧，我妈激动得中午饭也不吃了，去楼下大门口等你去了。"我心里咯噔一下：姨妈 94 岁了，这样高龄的姨妈一个人出门太不安全了啊！最近姨妈总说膝盖疼，现在她还一个人下 4 层楼梯来门口接我。想到这里，我顾不得等公交车了，拦个出租车赶紧往姨妈家赶。

自从母亲走后，姨妈占据了妈妈的位置。我每次看见姨妈，就仿佛看见我母亲一样，他们如双胞胎一样的长相、性格、神态，往往让我有一种妈妈还在的错觉。

父母在，家就在，父母不在，人生只剩归途。还好姨妈一到过年过节就催促我到楚雄他们家去，有一个温暖的家在等着，仿佛又回到父母的家中，常常感动于亲情在世间情意中胜过爱情、友情！

楚雄在云南省西北部，是一个彝族自治州少数民族城市。一进楚雄地界，彝族的标识就出现在眼中：路边的电线杆、树干、房屋边角都画有红艳艳的火炬，好像在提醒人们，火把节快到了。记得小时候参加过一次火把节，那时妈妈还年轻，似乎有使不完的力气，左手一个大包右手一个大包，背上还背着一个背篓。我和弟弟跟在她后面连跑带追。晕车的我没忍住，吐在前面一位解放军叔叔的脖子和背上，妈妈连声向他道歉，解放军叔叔一边说没事，一边帮我擦嘴。小小的我被内疚、害羞折磨着，至今依然感恩当初没有责怪我的解放军叔叔。

那时姨妈早早地便在路边等着，一趟趟班车过去，终于见到坐了两天班车的妈妈带着我和弟弟。姨妈开心地大声笑着，过来接妈妈手上的包，还不忘抱抱我和弟弟。大表哥、大表姐、三表哥、四表姐也都来出站口接我们，让我们感受到浓浓的亲情。姨爹是个河北人，正在家里做大包子等我们回去吃呢！

姨妈家就在龙江公园旁边。离火把节还有一个星期，已经有好多远方的彝族老乡来到楚雄城，他们像旅行一般，背着行李、穿着蓑衣，集中在龙江公园里，吃着盒饭，睡在公园里草地上、房檐下，巴巴地等着庆祝他们的节日。他们黝黑的脸上尽是纯真质朴，那样的执着、真诚，令我至今难忘。

火把节那几天，整个城市都在狂欢：单位放假3天、学生也不用上学、人们也不在家做饭，全都着急忙慌地来到街上，去看山乡的彝族男女老少忘我地唱歌跳舞。城里的市民抛开羞涩，手拉手围着火堆，加入唱歌跳舞的阵营里，直到天亮。那时的人们没有那么多忧虑，没有那么多物质欲望，单纯地满足于当下所拥有的一屋一碗一人一情。有的是纯纯的情谊、纯纯的笑脸、纯纯的人情往来、纯纯的理想。

在回忆中，我们很快到了姨妈家所在的干休所大门外。远远地就看见姨妈坐在大门口的树下，手杖放在身边水泥石台阶上，姨妈如妈妈一样眼巴巴地看着路上走过的人群，当她看见我时，眼睛一亮，94岁高龄的姨妈脸上笑开了花。姨妈说："要是你妈还在，就跟你一起来了。可惜见不着她了……"随即，姨妈眼圈红了，我赶紧搂住姨妈说："我妈走好几年了，你开心最重要啊，姨妈。"姨妈听话地握了握我的手，算是回答。

我的大表姐是一个活泼开朗、热情善良的姐姐，11年前，医生发现他身体里的恶性肿瘤，直到今天，我也没有看见过她表现出悲伤和绝望，她总是风风火火地说话、风风火火地做事、风风火火地发脾气，肚子里不断生长需要定期切除的肿瘤似乎不存在。她常常挂在嘴边的一句话是："赶紧去，明天就走，不知道后天是不是还活着。"这样一句无比悲伤的话，她竟然稀松平常地说出来，就像说"走，去菜市场"一样，让我不得不佩服她的心态。

此刻，大表姐正在张罗大家一起去有名的紫西山，说那里正好可以采摘樱桃，她知道几棵老品种樱桃树，上面的樱桃甜得要命。表姐嚷嚷道："快点走，中午饭我请客，请你们吃山上真正的土鸡！"

94 岁的姨妈非常爱穿戴打扮，此刻，姨妈已经穿上印有大朵红玫瑰花的夹克，背着小皮包站在门口巴巴地等着人家出门。四表姐是单身，宁缺毋滥的理念让她一直独善其身，她美丽的圆脸什么时候都红扑扑的。此刻，她正在给各位兄弟姐妹水杯里装水，她一板一眼的样子惹毛了已经站在大门旁的大表姐："怎么永远都要大家等你，你不能快点吗？"四表姐不出声，她就是慢性子，自己坚持自己的，天塌下来都随他去。只要她不急别人急也无用，最温柔的人就是她，这不，她逐个给杯子装满水，提着三四个杯子从厨房出来了。被大表姐凶了之后，她脸上并无恼意。大表姐见她这个样子，急躁地跺了几下脚，扶着姨妈走了。

大表哥、大表嫂早就在楼下的车里安静地坐着等大家了。大表哥是我最亲近的家人。记得很小的时候，跟妈妈来楚雄，大表姐她们还小，大表哥带着我去与他刚谈恋爱的女朋友见面，那时候大表哥穿着一套白西装，风华正茂，他当时的女朋友就是现在我的大表嫂，大表嫂当时身穿红艳艳的毛呢大衣，美若天仙，他们羞涩的喜上眉梢的笑容……一切景象都是那么美好，恋爱的幸福模样从此扎根在我的脑海中。

"大表哥、大表嫂！"我快乐地和他们打招呼。"你来也不说给我们，我们去火车站接你呀！"大表哥责备我说。"不麻烦你们了，坐公交车也方便得很。"急性子的大表姐在旁边嚷嚷："上车再说，上车再说。"

这个季节，正是樱桃成熟的时候，躲在翠绿树叶下的樱桃红艳欲滴。采摘果实的喜悦让我们都激动得不能自已，一边欢快地嚷嚷着，一边摘下熟透的樱桃往嘴里送。酸酸甜甜的樱桃，那么让人迷醉。

不喜欢拍照的我也跟着表姐们、大表嫂一起摆拍，留下一张张永远的纪念。

山上农家乐的土鸡真香，一家人围席而坐，亲情像火炉一般烘烤着我，内心生发出的幸福感溢满了心田。

晚上，姨妈把我拉进她的卧室，关上门，把她的日记本都捧出来，还有她看杂志、报纸的摘抄本，共有 10 多本。我万分吃惊，又肃然起敬，轻轻翻开一页一页发黄的纸张，那上面记录着姨妈一生跌宕起伏的人生感悟。95 岁的姨妈那样智慧、开明、豁达、坚忍，有几人能比？

晚上和姨妈躺在床上，姨妈悄悄地告诫我："和别人相处，把 99 分给别人时，记得留 1 分给自己，做女人要先爱自己，自己爱自己，才能更好地爱别人。有什么事不能自己憋着，要找可信的人说说，不然会憋出病。你有时间就来看我，我会想你的……"

亲情似海洋，我被严严实实地包围了。

初冬的早晨

　　初冬的早上，太阳还没有露出头来，天边是渐渐明亮的白色光芒。晨练的人们已经在去往爬山的大路上了，大家穿着运动服，朝着一个目标急速前行。只听见齐刷刷的脚步声非常有力，整齐的节奏像急行军，响彻山谷。路上的人偶尔遇见熟人，匆匆打个招呼而后继续前行。初冬的寒风其实还算温柔，没有深冬那般撕裂的寒凉。

　　和闺密走在人群中感受着不一样的清晨，突然一个声音对着闺密喊起来："大妈你的钱掉了！"哦，原来是喊我们，闺密掏口袋时带出了一元钱。小女孩朝前走了，留下我们在原地发愣——我们已经是大妈了，"大妈"这个称号扰乱了我们美好的心情。一晃眼，我们就老了，加入晨炼的老人队伍了。

　　工作35年，恍然如梦！还记得中学时候学自行车，闺密个子低，上不了车，我们推着车满大街找路坎。还记得她不喜欢那个追她的男生，我帮她写拒绝信："你像一潭死水，毫无生机，我们不会有共同语言。"后来她失恋了，我们挤在她的单身宿舍的小床上一夜未睡，回忆并痛苦着。

　　人生如梦，现在我们谈论的是她的儿子又辞职了，我的女儿在几万里之外的国家生活的话题。现在我们又成了老闺密、老来伴。

　　看着人流，走在前面的他们比我们年纪还大，看他们朝气蓬勃、精神头十足的样子，感慨万千，我们必须尽快适应退休生活，让第二段人生的精彩程度不输于第一段。

　　仔细想想，老了又何妨，年龄只是数字的增加，因为有了年龄的增长，我们也有了云淡风轻的坦然，有了历经世事沧桑的成熟，有了迎接一切皆可发生的底气和力量，还可面对苍天可以喊出：让暴风雨来得更猛烈些吧！我们无坚不摧，岿然不动。

太阳升起来了，温暖的阳光照在身上，我们默默地走着，想着自己的心事。退休了，不被管束、自由自在的日子开始了，可以做自己喜欢做的事情了。记得父亲在世时说："可以开个餐馆就好了，我做的包子多好啊，就可以帮衬你们了。"父亲遗憾的声音仿佛还萦绕在耳边。

登上昆明飞往成都的飞机时，恍然如梦，在银行工作30余年，在那高高的办公楼里穿着制服面对着数字，精细地一天一天等日出日落的日子结束了。此刻，我将面对的是我的第二段人生，不禁满心向往，面对未知的挑战，我激动又兴奋。

读悠远唐诗

斗转星移，世事变迁，盛唐的遗迹在历史的长河中渐渐消亡了，但华丽的诗句依然流传。

唐诗可以让我透过书页窥见长安城那车水马龙、如真似幻的繁华，看见未央宫中锦衣罗裙、摇曳生姿的女子。一首唐诗就像一幅花鸟山水写意画。

退休的日子，我时常静静地躲在书房里，捧着一本唐诗，仿佛听见千年以前但依旧清晰的声音。看到唐诗在浔江头琵琶女伤感的眼睛中停留，在霓裳羽衣舞的奢华中掠过，在哀鸿遍野的战场上空徘徊，在妙绝天下的名山大川中漫步。

唐诗是历史的沉淀，时代的产物。历史上如果少了唐代，今天会少了多少耐人寻味的诗歌呀。如果没有"姑苏城外寒山寺，夜半钟声到客船"的意境，今天的寒山寺将索然无味；如果没有"烟笼寒水月笼纱，夜泊秦淮近酒家"那心力交瘁的忧郁，今日的秦淮河可能就少了一分醉人的韵味；如果没了"我愿如星君如月，夜夜流光相皎洁"的柔美，夜晚的星空将黯然失色；同样，如果没有"葡萄美酒夜光杯，欲饮琵琶马上催"的豪放，今朝的酒就只是消愁的工具。唐诗是诗化的历史。读诗恰是与古人的情感对话，读诗的过程就是在诗句垒起的城堡里，寻找一种别样的心境。

然而，我们读到的只是诗的表面，诗人们的意境我们又了解多少呢？张继的《枫桥夜泊》是他沧桑人生和失意心境的表现，而今，寒山寺的钟声却寄托着人们新年的祝福；秦淮河在诗人笔下是繁华掩盖下的空虚寂寞，千百年挥之不去的哀怨，而今秦淮河却流光溢彩、歌舞升平、游人如织。寒山寺中，张继的失意已烟消云散，秦淮河上杜牧的忧郁已随着时光流逝了。

唐诗没有变，读诗人却变了，心境也变了。

如今标新立异的 21 世纪，我们会敲击电脑键盘，在网上搜各种信息，可以关注各种新闻，却鲜少翻阅诗词典籍。这可能和现代人生活方式、语言形式的改变有关。

站在著名的西安城墙上，寻找灯火通明的大唐辉煌、万国齐朝、琴声、马蹄声，仿佛梦回大唐。

孤灯和咖啡

我是一个严重缺乏自信、严重自卑的人。有时，莫名地情绪不好，就会思绪万千，风不像风、雨不像雨的，就像是一个被残酷压迫、剥削的小媳妇，心绪无处排解，四处察言观色，颤颤巍巍的。后来，我发现这个状态刚好适合写作。

百家号停了好久。找各种理由，让自己的时光一天一天堂而皇之地溜走。

偶然间发现，原先熟悉的一个文友最近经常在朋友圈发布他加入了各种写作协会的消息，并且在各个媒体发表诗篇、散文。他的写作基础并不是很好，原来每次看见他的作品都觉得写得很表面，没有多少思想。于是我常常不服气：写诗能跟写小说、散文相比吗？写诗不知道要比写小说、散文容易多少！几句话，断句断得好就是诗？可是不看他的诗不知道，一看吓一跳！仔细翻看百家号，他每天都坚持写，不仅写诗，还有散文、小小说，还向多本刊物投过稿。更厉害的是，他每天都在练笔，坚持三年了。先看他的数量，再看他一路写过来的作品的质量，不禁肃然起敬。原来，苟且的是自己！

总是以千万个理由推脱、懈怠，宽容自己。不知不觉中已经丢失了多少光阴，而光阴一去不复返了。

百家号已经停更了近一年，先前一起写百家号的文友已经越过百家号的日更数量，更注重质量的区别了。突然间心绪难平，羞愧不已，那曾经多少次挽救自己于困苦，甚至灾难的文字阅读和写作，什么时候变成闲暇之余的游戏？

生活里总得有支撑自己，让自己心安、坦然、坚定面对一切的理由和勇气。花儿依靠阳光雨露、小狗等待主人、学生每天学习、老师尽心教学、工人为兢兢业业卖命干活，而高管强大的责任因为要给成千上万人提供工作岗位。其实抛开这些表象作为，自我灵魂的存在才是人最根本的需要，可以浪迹天涯、可以享受荣华富贵、可以……这一切都要求自己的灵魂安稳地装在自己的内心里。也许我们不用做什么，每天好吃、好喝、好玩也与众生一样度过每一天。可是飘荡的灵魂、无所事事、无趣无聊的日子终将消耗余生。

　　消除负面情绪，把热爱的文学放在首位，将阅读写作立于每天日常事务之首，重新记录生活、思考生活。充实地过好每一天，让灵魂得以充实、安稳，

　　自律，今天就开始。

道　别

已经下班了，办公室里的同事们都走了，老明一个人静静地坐在这张坐了 10 年的工位上。桌上已经被自己陆陆续续收拾得只剩那台电脑，桌边还有一沓文件，那是要交给接手的同事的。

要离开这里了，离开这个楼层、这间办公室、这张陪伴自己多年的桌子，心里真不是滋味。此刻太阳西下，余晖照在她背后的墙上，那里有她春节放假前贴上的鲜艳的大红"福"字，如一轮挂在天上的苍阳。

这间老明工作了 10 年的办公室里，有无尽的回忆：办公桌上玻璃板下有女儿圆圆的美丽的小脸的照片，女儿坐在公园里木马上开心地大笑着，仰起不知被老明亲了多少次的小脸；桌上的红色台灯陪伴老明加了无数次班；旁边的皮椅被那年晚上加班忘记关暖炉，椅背上烧的那个洞还在"睁眼"看着老明，似乎不舍得老明离开；桌上的电脑闪烁着绿色的草坪，左边桌子下红色的保险柜静静地守候在那里；门柱上的工作守则被老明背过无数次，空中有细细的灰尘在缓缓地飞舞。

想起在这里每年为竞聘岗位挑灯夜战；想起每年的年终决算，深夜年度账务借贷相符，全办公室的同事开心得欢呼雀跃庆祝账平；还有从不落下的午夜 12 点欢腾的爆竹声；想起生了女儿假期结束回到办公室，打开电脑竟然连用了几年的开机密码都无论如何想不起，同事打趣说一孕傻三年，被取笑的场景和笑声还在眼前浮现，在耳边回响。

想起那次和同事为业务的争执，业务科的同事把放贷指标放在老明桌子上，说："你赶快把这笔贷款放了，过了扎帐时间指标被收回就麻烦了。"老明接过来一看是违规操作，坚决抵制，急眼的同事抬手向老明挥巴掌。

那次是老明从业以来唯一的被打事件，由此造成的心理阴影至今未散。

记得那次冬夜加班查账，张姐把家里的烤火炉提到办公室，火炉中红艳艳的火苗照得办公室热火朝天。同事们从家里带来了饵块、糍粑、牛干巴、洋芋、卤豆腐和自家腌制的酱菜，一起加班一起烧烤。男女老幼的同事们正吃得热火朝天，行长突然进来了，大家迅速回到座位上。行长问："谁家的火炉？谁出的主意到办公室来吃饭的？"见没人答应，行长一个人生着闷气走了。小王立马冲过去把门反锁起来，办公室又恢复了吃喝笑闹！

回忆着，天已经完全黑下来，想到从明天起就不会再来了，老明又再次坐下，跟自己的过往做个沉重的告别。

因为明天要去新单位报到，所以老明想应该和领导道个别。于是草草地在街上吃了一碗面条就快步往桂行长家走去。敲开门，他们正在吃饭，一家人都站起来热情地招呼老明。行长放下碗过来让老明坐在沙发上，老明不好意思地说："领导打扰你们吃饭了，我明天要去报到了，我来和你告个别，感谢领导一直以来对我的关心和照顾，我平时说话做事有得罪领导的地方，请领导多多谅解。"桂行长接过话："小李你不要多想，你调到上级公司是好事情。因为你走得急，如果有什么事需要你帮忙，我们再通知你。到了新单位一定要注意你的脾气，一定要少说多做，做事不要急躁。上级单位业务量大，业务范围广，做会计业务一定要认真仔细。"桂行长一口气说了那么多贴心话，让老明感动得泪光闪闪，后悔平时没有多接触老领导，多些理解和交流。老明感激地答道："谢谢领导的教诲，我以后一定好好工作，平时尽给你添麻烦，谢谢你的包容！"

从桂行长家出来后，老明竟有些想流泪，眼前的街景、人流、小贩、汽车将从明天开始不属于自己了，以后再来这里，只是过客了。

病房里的悲欢人生

一

我姨左边的31号床位住着一位来自农村的大姐，名叫翠花。她体态丰腴，性格热情而开朗。自从我们住进病房，她就主动与我们攀谈，话语源源不断："你们是刚住进来的吗？""我昨天就住进来了，因为脚疼得无法落地。""你们家的老人是哪里不舒服呢？""看你们的样子，应该是拿工资的人吧？"她声音洪亮，让病房里热闹非凡，虽然这让我心里稍微有些吃不消，但我还是礼貌地一一回应了她。

翠花的女儿与她一样，性格开朗而直爽，是她妈妈贴心的小棉袄。她一直忙碌地照顾着妈妈，非常勤快。之后，她削了一个苹果，切成几瓣，坚持要给病房里的每个人分一瓣。她的真诚让人难以拒绝。

有了她们母女俩，病房里病人的痛苦都少了好些，注意力被她们叽叽喳喳的说话声吵得顾不上自己的难受，几个病人被她们逗得一边忍着伤口疼，一边按捺不住地笑。

这天，医生进来查房时对翠花说："你明天要做手术了，今天要去交4万的手术费，等下就去交了吧，麻醉科好安排手术时间。"正在开心聊天的翠花一下愣住了，忙问："那么多？能不能过几天？我们去凑一下，我们农村人一下实在拿不出那么多钱啊！"医生严肃地答："现在是电脑收费管理，钱没有交足，手术单就提交不了，就排不了手术时间。"

整个病房一下子安静了。直到医生的背影消失了，翠花才回过神来，她眼泪汪汪地说："我没有什么给娃娃们，现在还那么拖累他们，我怎么给他们开口啊！"病友张说："你不要难受了，这是没办法的事，只有厚着脸皮跟娃娃们说了。"我也赶忙说："钱是为人服务的，人好好的，其他都是次要的嘛。"

听完大家的劝慰，翠花继续边哭边说："三个娃娃一天下苦都挣不了100块钱，这4万不是要他们的命吗？"说完，翠花便再也不出声了，像换了个人，全天躺在床上看着天花板发呆，也不出去吃饭，也不喝水。热闹的病房没了声音。直到她回老家的女儿进来，她用手臂捂着脸小声跟女儿说："医生说要交4万才排手术单。"女儿没有出声，显然陷入了为难，而后说："我告诉哥哥、姐姐，让大家都想办法去。"女儿说完，默默地一如既往地帮她妈妈洗脸洗脚，这气氛让病房里的所有人都陷入了沉默。

晚上，翠花的儿子来了，他穿着破旧的灰色夹克外衣，藏青色裤子像好久没有洗过似的。他黑黢黢的脸上表情有些凝重，一看就是最苦的农村青年，还没有到普通打工人的生活水平。我暗自捏了一把汗，不免有些担心，怕他因为没钱，扮为难的脸色给他的妈妈看，他妈妈会受不了的。我装着打电话，到外面走廊上站了一会儿。

再进门来，却看见翠花的儿子蹲在他妈妈床边，一边帮他妈妈按摩脚，一边凑在他妈妈耳边窃窃私语。他背对着我，那个背影尽管不是那么高级、文雅，却是那么宽阔、温馨。

过了一会儿，翠花的儿子转过身来，我在他脸上没有看见一丝丝不高兴和烦恼，坦然随和，一如平时。他走了之后，我忙问他妈："手术费怎么样了？"翠花回答："交了，儿子刚刚就是来交费的，他东拼西凑借来的。我不忍心啊，给儿女们增加那么重的负担。"这话带着哭腔。大家立即纷纷夸奖她的儿子没有白养啊！养了个这么孝顺的儿子！

我见过有钱的儿女，以拿钱可以摆平任何事的姿态对父母，他们不为钱愁，愁的是对父母的恭顺的态度。我也见过一些儿女，有的虽说一直陪在父母身边，但说到钱就哑然，找机会溜走；有的儿女以各种事为借口拖延时间，迟迟不来医院；有的兄弟姐妹为拿多拿少，在病房走廊上撕扯。这些行为，无疑会加重老人的病痛和晚年的凄凉感。

但我在这个贫困的农村男人身上，看见了比他富有、比他有文化的人所没有的对父母恩情的反哺和对父母深深的柔情。我们都知道，父母年老所需的不是物质的丰富，而是儿女的体贴、陪伴、温暖和耐心。

二

右边床位的病友姓张，我们进来两天她都没有下过床，坐骨神经压迫影响双腿不能动，刚做完手术。她女儿每天送饭的时候来，她妈吃完饭，她就走了，面无表情，对周围的人也视而不见。

翠花趁张家的女儿没有在，悄悄跟我说：这家女儿不好，每次来跟她妈都说不上几句话，医生说要帮她妈每天活动双脚，做术后恢复，她都没有帮她妈做过。都没有见过这个女儿笑过，来了就拉着脸。

我观察了两天果真如此，我有些好奇，开始研究她：她一副不谙世事的样子，或许是遇上了什么不顺心的事，将要迎接难以过去的坎？她的妈妈面对她，竟然有些怯怯的感觉。她不容置疑地命令她妈："起来吃饭了！"她妈妈立即用手撑着身体坐起来，端起碗吃饭。她命令道："睡觉了！"她妈妈即刻艰难地躺下去。我开始有些反感她了，怎么这样对自己的妈妈呢！

我一直对她没有好感，直到有一天，她坐在床边阴着脸，她妈妈轻声说："你好好和他谈谈，看在你们女儿的份上，不要离婚了，你离了一个人带着女儿怎么过啊？"她答："我不可能原谅他，我嫌他脏。"说完，背过身去，面对窗子流泪。那个背影有些落寞，有些孤单。大家一时间都不说话了。哦，她的态度和脾气是因为这个原因啊！她只是不能很好地控制自己的情绪。

她走后，她妈妈对大家说："让你们见笑了！我这女儿太老实了，她自己家的事就够她烦了，再加上我身体不好，老是给她增加麻烦，她的心情更不好。"

人活着真是不容易！朋友也好，家人也好，都要相互理解、包容、珍惜。所有人的岁月就是如此走过的呀！

三

手术室外的大厅，竟然有那么多人，抱着衣服的，提着鞋的，低头蹲在墙角的，烦躁不安走来走去的。这是一个特殊的场景，人人都按捺着心里的焦急，面无表情地等待手术室红灯亮起，大门打开。他们之间没有交谈，甚至都不相互看一眼，他们心里都被乱七八糟的事装得满满的！

突然，护士打开门，探出半个身子高声喊叫："某某家属在吗？"被喊的家属一拥而上："在！在！""手术做完了，赶紧把这些组织送到病理科做检验！"护士说完，递过一个塑料袋，里面装着半袋血肉模糊的东西。家属忙问："这是什么？""是切下来的组织，赶紧送下楼去！"

手术室的大门终于打开了，被切了乳房的年轻女人被推出来了。她的丈夫俯身，轻轻地喊着妻子的名字，妻子还没有从麻醉中醒过来。贴在床边的一对老人是女人的父母，脸上的表情慌慌的，跟在女婿后边回病房了。在场的人看见这一切，沉默着，惋惜着，那半袋血糊糊的东西在眼前一直浮现，挥之不去。

剩余等在外面的家属们比先前更慌张了，更加担心自己家的亲人。时间越来越漫长，好像一分钟变成了一小时。进了这道门，很多时候是要看做手术的病人各自的造化的。

太阳西斜，突然，另一道手术室的门打开了，护士大声叫着病人的名字，又是一伙人一拥而上。这次护士的表情明朗了好多，手臂上抱着一个小婴儿，嘴里说："是儿子，快来接着。"老妇人接过来，满脸喜色，仔细端详着粉嫩的小人，年轻丈夫忙去安抚床上的妻子："辛苦你了，想吃什么？"人间美景不过如此！

活色生香的日子

　　那是元旦前的一天晚上，我和表妹去她的闺密小吴家给她庆祝生日，表妹买了漂亮的生日蛋糕。事先约好在小吴家小区大门口等她，我们等了一会儿，还没有见到她，打电话问小吴，回答说她已经在开车回来的路上，请我们再多等下，过节路上老是堵车。

　　这条街是市中心，街道两旁的烧烤摊热闹非常，上了一天班的人们正在犒劳自己。我们站在街边，表妹说起她的闺密小吴：女儿在国外读书，老公已经几年不回家了。他们只是为了他们的女儿和双方父母，还保持着有名无实的婚姻状态。她的专业是工程监理，早年单位效益不好，就自己出来做生意，一个人在社会上打拼，不停地考各种资格证书，每天早出晚归。同学们劝她，她回答："女儿在国外读书需要钱，再说我不能停下来，否则会迷茫孤苦。"

　　谈话间，我脑子里想象着她孤苦的神情、理智的谈吐，回家放下戒备才显现的凄凉感，毕竟她孤身一个人在外打拼，而且干的是偏男性化的工作。我一下子心里对她充满好奇——她是怎样战胜感情的折磨，专心专注地做事业的？敬佩之情油然而生，心里悄悄地期盼赶快见到她。

　　又过了一会儿，她开着一辆吉普车回来了。一下车，就轻声细语热情地说："让你们久等了，不好意思，一直堵车。"一路和表妹寒暄。到了她家，打开灯，我看见瘦瘦小小的小吴，素面朝天，细细的眼睛并不张扬，扎一个马尾、神态和蔼谦虚，没有女强人的跋扈和狂躁，像一个邻家女孩般温柔朴素，说话间，是真挚和善的眼神。

　　这是她刚装修好的新家，素静、淡雅，淡灰色墙上挂着一排非常漂亮的古代各时期美女图！乍看以为是买来的，便向表妹打听，表妹说是小吴自己画的，请人裱上的。那一幅幅画是那样的雅致，古色古香。小吴专门有间画室，桌子上一排画笔架在画架上。俨然一个古代画女，这是一个建筑工程师吗？

不一会儿，又来了个小吴女儿的朋友，是个打扮时尚漂亮的女孩。大家手忙脚乱地在餐桌上摆好生日蛋糕，点上蜡烛。微光中我们3个朋友放开嗓子给她唱生日歌，小吴微笑着低头，双手合十，从容地许愿。不一会儿，小吴的女儿从国外打来电话，我们都静静地听着她和女儿通话，和她一起感受着她的幸福和快乐。这一刻，作为母亲，我们都为她的坚强而感动，为她的毅力而骄傲。

这么新、这么大的房子，住着小小的她，真想抱抱她，再给她一些温暖和敬意。一个瘦弱的女子，满身的坚强和温婉，那点爱情的伤痛算什么？做着自己的事业，过着自己想要的生活，才是信念和支撑。生活中的伟岸和坚强不是嘴上说说，而是在每天的生活中付诸实际的行动和坚持。

离开小吴家，在楼下抬眼看去，她家25楼的灯光显得异常明亮，那也是我心中的一盏灯。

一直被一幅画面感动着

搬进这个小区已经 10 多个年头了，小区位于市中心。当初搬到这里是因为旁边有所第四中学，面临上小学的女儿要升初中了，到这里免去了上小学那几年一天四趟来回接送，那种辛苦和慌张的日子简直过够了。在城市里，孩子读书的学校和家的距离是头等大事，不然一家人每天都要在上班时间和接送孩子的时间里挣扎。

挨着小区那条路很宽敞，看起来是一条新修的马路，宽阔的人行道上行人不是很多，沿路走完刚好有 1000 多米。每天，路上有锻炼的、晒太阳的、聊天的、带孩子学走路的、坐在沿街的铁凳子上看书的。

有一天，我骑着摩托车，突然看见一对母子，母亲走路向一边歪倒，脸也向左边歪着，右手僵硬地放在胸前，如果没有人搀扶一定是站不稳当的，这个情况一看就是中风的症状。她的儿子搀扶着她，她胖胖的儿子大约 30 岁，穿着一套灰色的工装，一看就是生活状况非常贫困的打工人。他们脸上都没有表情，木木地一步一挪地行走。我很好奇，内心里有一种酸酸的感觉，我见过医院里照顾瘫痪父母的大多数是女儿，孝顺又细致的儿子很是少见。

后经多方打听才知道这对母子的情况：老人一家都是前面纺织厂的职工，老人的老伴早年就去世了，纺织厂接着倒闭了，老人就带着只有 5 岁的儿子摆了个烧饵块的摊位。母子俩艰难度日，后来儿子高中毕业在职高读了个修理专业，毕业后就在汽车修理厂打工。前几年，老人突然中风瘫痪在床。他们请不起护工，也没有太多的钱在医院做康复治疗，只有出院回家。回家后才知道家里不能没有人，儿子白天上班，好多次等他下班回到家，妈妈大小便已拉在床上；有时妈妈想喝水，挣扎到床边却摔下床，等儿子回家时，妈妈已经在地上躺了一天了。亲戚朋友出主意，说给儿子找一个对象就解决问题了。可是城里的姑娘只要一听这个情况就拒绝了。后来又到农村里找，姑娘到家里一看，也摇摇头走了。没办法，儿子只能辞职在家照顾母亲，生活来源只有他母亲病退工资700多块，有时亲戚朋友会送点蔬菜等东西给他们。

可是不管春夏秋冬、刮风下雨，总是在这条路上看见母子俩慢慢行走的身影，最初，一定要儿子搀扶，母亲才能挪动。后来，儿子可以放开手，妈妈可以自己一步一步慢慢走了。现在，他的母亲已经可以自己一个人迈开步子向前走，儿子只要走在旁边陪着就行。

每天看见母子俩一脸平静，甚至木然地向前挪动的样子，就像一幅被定格的画面。

爱像高山，像大海

在街上遇见好多天没有见到的好朋友，没说几句话，好朋友就苦恼地诉说因为单位最近比较忙，一个多月没有回父母家，那天晚上终于不加班，想回家看看父母，打开门后却被惊吓到了，脚下一路码起各种报纸书籍、饮料瓶等杂物，一直堆到卧室门口，她急忙问："怎么了，怎么了？要搬家吗？"她母亲眉开眼笑地从厨房跑出来："没有，没有，我和你爸爸闲来无事，找点事做做。"

原来是她爸妈捡来的废品，要拿到收购站去卖，气得同学满脸通红，血压升高。母亲是中学老师，教龄40年，在整个教书生涯中都备受尊重，气质端庄优雅。父亲是机关干部，平时很注意形象，衣服还非得自己用手洗，嫌洗衣机洗不干净。

朋友简直不敢想象那么要面子的父母是怎么做到每天奔到垃圾桶边，眼巴巴地等别人扔掉垃圾，再在垃圾桶里翻找可以卖的东西。想到这个情景，好朋友又心痛又愧疚，一个劲儿怪自己平时对父母的关注太少了。自从自己生了女儿，母亲提前退休帮忙带孩子开始，到父亲退休的10年间，父母相继帮自己和弟弟妹妹把孩子带大，从偶尔几丝白发到现在的满头霜雪，从挺直的腰身到现在无意识地佝偻着。他们平时想些什么？有什么需求？有什么愿望？她和父母几乎没有交流过。她以为只要把他们的冰箱装满，衣服买够就可以了。

好朋友强忍着泪水，和母亲说要下楼买个东西，匆忙跑到楼下躲在一楼转角打电话给弟弟妹妹。她问他们最近回来没有，弟弟没有接电话，妹妹听完她的话一头雾水，说她也好长时间没有回家了，也不知道。

好朋友回到家，她妈妈看出了她的不愉快，有些心虚，她妈妈微笑着把做好的饭菜端到桌子上，招呼她说："快把包放下，来吃饭了。"身后的门响了，是她爸回来了。朋友悄声问："爸，这是怎么回事，钱不够用吗？不够用我们给你们呀！怎么捡上垃圾了？"她爸放下手里的东西，一脸的不好意思，说："我们闲着没有什么事，我们都是趁没人的时候才去捡的。来来吃饭，我饿啦。"

不一会儿，她妹妹也风风火火地回来了，一进门就大声嚷嚷："你们二老是过不下去了吗？多丢人啊，你们这么整，我们怎么在这小区进进出出啊！别人以为是我们做子女的不管老人呢！"说着就去拿堆在地上的东西要往外丢。

她妈妈急忙过来拦住："不准扔，我们都是在晚上去捡的。你们嫌丢人就不要回来了！"一看她妈妈急眼了，朋友忙说："我们帮他们归整归整，不要让大家走路都要踮着脚尖走。"朋友和妹妹这才好好打量起父母的房间：走道上、床下、卧室窗台上、沙发两边、餐桌下全部堆着已经捆好的要去卖的废品，有纸板、塑料编织袋、纸盒……

唉！家况日下啊！俗话说，人往高处走，水往低处流。眼看着自己的家，就像流水一样。妹妹一直骂骂咧咧："赶快把这些处理了，下次我们回来再看你们又去捡垃圾，就趁你们不在的时候全部扔掉。"

有一晚天黑了，朋友没有告诉父母要回去，她偷偷地在小区亭子里躲着，看爸妈会不会又下来捡垃圾。果然，不一会儿她的妈妈爸爸就提着个蛇皮口袋一前一后下楼来了。他们走到垃圾桶边，她妈妈双手张着袋子口，爸爸左手拿着手电筒，右手伸进垃圾桶翻垃圾，半个身子都陷在垃圾桶里了。朋友气得跑出去夺过她妈妈的口袋，拽着爸爸说："我求你们了，回家吧！从这个月开始我们每人补贴你们1000元生活费，你们不要捡垃圾了！"那晚，朋友好不容易才把她父母拉回家。

被逼无奈之下，她母亲才说真话，原来是弟弟做生意，被生意伙伴骗了400多万，弟弟家已经把房子和车都卖了偿还银行贷款，父母把养老钱搭上还差100多万才能还清。她妈妈说早点帮他们还上，给弟弟家买个小点的房子，不能让他们住在岳母家过寄人篱下的日子。

可怜天下父母心啊！朋友满眼泪水，我也终于忍不住了，泪光闪闪。

爱是恒久忍耐

连日来阴雨绵绵，清早的街上一尘不染。余小红背上背着女儿，右手提着女儿的各种用品，左手提着带给老公的火腿、衣服——她要去邻县找老公。老公是一名建筑工程师，长年在外地，一点都顾不上这个家。有时候余小红恨得咬牙：上辈子欠他的？这辈子要如此操劳，可是每次一见到老公，那满心满怀的幸福和爱意就淹没了这股怨气。

到老公所在县城的车要第二天早上 9 点才有，每次余小红都要先坐车到市里，住一晚上，等着坐第二天的车。好闺密张燕每次知道余晓红要去找老公，她都会早早地到班车站等余小红，将小红接到她家住一晚。她怕余小红又要背儿子，又要拿东西，再去住旅社的话很不方便。这天刚好是星期天，张燕一看班车时间快到了，赶忙向进站的客车跑过去。

刚进车站大门，张燕就看见小红从她工作的云县来了，正如自己想的那样——小红背上背着儿子，两手都提着大包。可能是累，也可能是将要见到老公，脸蛋红扑扑的。张燕赶紧快步迎上去，接过小红手上的包，说："今天这车好准时啊！"小红转头看见张燕，开心地笑着说："哈哈！车上太挤了，我这些东西，幸好有好心人帮我递，不然都拿不下来了。"小红爽朗的笑声是张燕最喜欢的。原先在学生宿舍，她们住邻床，等宿舍关灯后，她们常常从蚊帐下偷偷递一把蚕豆，或一把瓜子，躲在被子里吃。

小红和老公是青梅竹马，俩人初中就开始早恋了，老公的父母亲都是中学老师，家教很严。得知他们早恋，就把她老公转学到市里的一中上学。以为将他们分开就可以斩断这份恋情，殊不知距离产生美，他们反而更好了。异地大学毕业又异地工作，直到生了儿子，老公的父母才认可他们的关系。

同学们都因为他们对爱的坚守而感动万分，并引以为榜样。

　　到了张燕家，小红两岁多的小儿子睡醒了，亮亮的大眼睛到处看，张燕把女儿的小猴子玩具递给他，小家伙立时就忘记环境的陌生了。小红风风火火地拿出儿子的日用品说："带着儿子就像搬家一样，大包小包的！"张燕问："现在还冷啊，怎么这时候去工地上呢？还带那么多衣服。"小红答："去年公休领导没有批准，推到今年初要赶快休完，不然就作废了，所以要赶紧把公休假请了呀！"是啊！真不容易，一个人又要带儿子，又要上班，走到哪里都要搬着一个移动的家。

　　那天晚上，她们俩带着小红的儿子睡大床，儿子睡在中间。张燕的女儿和老公睡小房间。张燕问小红："你们从上大学到现在已经分开7年了，这么艰难，你后悔过吗？"小红深深地叹了口气，说："也后悔过，特别是怀孕的时候，没有人关心，没有人帮助，所有的事都要自己完成。生了儿子后，婆婆来帮着带儿子，看着我那么难，婆婆的态度也转变了，对我也好了。老公是工地上的设计监理，一年很难回来一次，但是他还是一有时间就打电话、写信，慢慢地，困难也就克服过来了，坚持就是胜利嘛！"听小红这么说，张燕心里生出崇敬和感慨来。

　　俗话说：相恋容易，相处难。恋爱的时候，激情澎湃，美化了周围的一切。结婚后各种矛盾和具体的困难，工作和家庭对立的问题，都要有能力和毅力去处理并积极地面对，爱才能有美好的结果。我非常喜欢一句话：爱是恒久忍耐！

爱是上天赐予的恩典

今天看到两个关于爱的故事的视频：一个23岁的英俊斯文的小伙和一个56岁长相一般的女人结婚了。轰轰烈烈的婚礼现场，看热闹的人多于衷心祝福的人。因为年龄的差距，新娘幸福之余更多的是羞涩和不安，新郎却是满脸的开心，但是我总觉得味道不正。难道是我思想有问题？视频下面的图解是：新郎可以少奋斗20年。这个注解里包含的投机意味、苦涩和无奈，让人唏嘘不已。

另一个视频讲的是：有一对非常相爱的夫妻，老公个性开朗、威武霸气，老婆温顺柔美，老婆从来都是依顺老公，自结婚以来和谐幸福美满。突然有一天，老婆因为一件小事开始一反常态，对老公不依不饶，致使之后天天吵架。她的转变让老公百思不得其解，但还是一直忍让包容。但是，老婆这样负面的情绪越来越多，老公坚持了一年，最终还是离婚了。办完离婚手续，各自拿着离婚证，老婆决绝地说永远不要再联系，祝他幸福快乐！老公百感交集，无言以对。

离婚半年内，老公常常牵挂着她、担心她，不知道她过得怎么样了，直到一天，遇上她的一个亲戚，他才有机会问起她的情况，亲戚很惊讶地说："你不知道吗？你们离婚一个月后，她就去世了。"他悲痛万分，心痛地跑回家翻找她留下的所有东西，在一本她常看的一直放在梳妆台上的书中发现她留给他的一封信。信上说她永远爱他，只是她知道自己不久于人世，如果告诉他只可能给他带来更多的伤害，还会影响他将来的生活。只有让他讨厌她，从感情上放下她，他今后的路才会走得好。希望下一世再相爱再做夫妻。他看完几乎崩溃，他才明白她给他的爱是多么深沉，宁愿独自一人承受病痛和孤苦，也要减轻可能带给他的痛苦。

爱是世界上最本能、最无私的东西，爱是超越生死、超越利益的精神满足和享受。一个人可以忘我地付出。忘我地牺牲，只为换来爱的人的一张笑脸。

但是现在却常常看见爱与利益挂钩，甚至有些人打着爱的名义换取物质利益。试想，在所有存在的情意中，最纯洁的爱情掺杂那么多的利益在里面，是不是让人会心生绝望？

爱啊！你是天使还是魔鬼？

"你是不是气伤了？"我明知故问，闺密转过头来狠狠地瞪了我一眼。尽管是在晚上的马路上，借着路灯，我仍然看见她瞪过来的那一眼有太多的内容：怨恨、悲苦、无奈。我甚至感觉眼泪都在她的眼里打转了。

我是刚刚放下她钟情的那位大叔的电话，本来我不想打这个电话，可是看她连日来撕心裂肺、眼泪汪汪、执迷不悟的样子，实在是气愤。

刚刚吃完饭，闺密在楼下打电话给我："你吃完饭了吗？吃完就下来走走，我在你家楼下！"我听她说话有些不对劲，还带着哭腔，我就知道她又被那位大叔忽悠了，这种情况已经好几次了。按局外人所视，这个大叔实在不值得闺密所负如此深重的情意。

果然，我下楼后看见闺密一脸可怜巴巴的样子，已经近50岁的人了，在爱的面前犹如迷途的羔羊孤苦彷徨，像面临绝望的深渊一般。我心想：可怜的被爱折磨的闺密啊！不值得呀！还未等我开口，她已经开始述说："没有想到啊！大前天晚上还喊我出去吃烧烤，还和我说这周末跟他去他的老家，去看他的老妈妈，还说下半辈子就跟我过了。现在已经两天没有消息了。我怀疑是和小李去她家了，今天不是过端午节吗？"我无语了，她这个怀疑和担忧的场景我已经经历了多少遍了，安慰的话语也重复了好多遍，我已经有些厌倦了，但是看闺密痛苦的样子又有些不忍心。

但是我还是没有忍住，说："我已经跟你说过多少次了，这种人不值得你把希望放在他身上，你看看你被他折磨得一下进天堂，一下下地狱的，把你伤害出病来谁管你？他会来医院守着你吗？"我记得这段话我也已经对她说了不下5次，每次看她面无表情，像是听进去了。但过几天，待她的大叔三言两语一哄，她又回老路上了。此刻闺密就像走丢的小孩，茫然凄苦，我问："我能怎么帮你呢？"闺密木木的，没有反应。我怀疑她已经气得魂都跑了。于是，我拿起手机就给那个大叔拨出电话。电话那头传过来他的声音：

"喂，哪位？"

"我，陈燕。吴师，你在哪里？"

"我在北城。"

"你什么时候回来呀？我还说请你吃饭呢！"

"我还有两天才回来。"

"好的，等你回来联系啊！"

"好的！"

放下电话，闺密已经激动得歇斯底里了："北城就是小李的家啊！你看看，他才跟我说了那样的话啊，居然又跟小李去她父母家了！"我无语，说："他说话不算数已经不只是这一次了啊！你怎么能一次次相信他，又一再上当、一再绝望。你已经被他伤害得死了多少细胞了，你怎么不长记性呢？我告诉你多少次了不要再搭理他了！"闺密已经处在崩溃的边缘了，似乎没有听见我说的话。只见她怔怔地自言自语地说："他不怕你告诉我吗？那就是他故意让你告诉我，他已经决定了他以后和小李过了！"

我第一次跟闺密去和这个大叔吃饭，就趁闺密上厕所不在时对他说："我闺密单身很多年了，她对待感情很认真的，希望你也认真对她。她是经不起折磨的哦！"大叔一脸的无所谓，玩世不恭地说道："一把年纪了，什么没有经历过，幼稚！"他是以闺密的男朋友身份出现的，如果他是一个正派人怎么可以这样说呢？闺密对他的态度毫无察觉。唉！恋爱中的女人智商为零。

从那天我打完电话开始，闺密变了。一连几天没有她的动静。去到她家发现她躺床上，两眼发直，灰头土脸，无精打采。我忙问："你几天没起床吃饭了？""不想吃！"她有气无力地答。我忙说："赶紧起，我买菜来了，你做饭给我吃，我还没有吃早点的，现在都 11 点多了。"她失魂落魄地慢慢地穿好衣服，准备下厨。我看到外面茶几上是一盒快吃完的饼干，想必她这几天就是靠这盒饼干活下来的。

"他后来给你打电话了吗？"我问。

"没有，他把我的微信拉黑了。"天啊！有这样的男人吗？"我自己也想不通，我对她那么好，他怎么可以这样对我？"

"只能说你遇上坏人了。"我无奈地说。

那天闺密炒的菜都没有熟，煮的豆尖汤里面的豆子，嚼都嚼不动！她端饭碗的手都在微微发抖！她如嚼蜡一般把饭吃了，那发直的眼神好像灵魂已经出走了。

失恋失到这个份上，我有些为闺密着急了！于是劝她："如果他再找你，你觉得你还会搭理他吗？如果你还是放不下他，你就再试试看，但是你不能再寄希望于他了，到你绝望到能放弃你再放弃吧！"闺密轻轻应了一声："嗯！"

过了一天，大早上我还没有醒，闺密打来电话："他打电话给我了，还问我是不是心情不好。哼！明知故问！"听闺密的声音变得欢快了，好像又活过来了。但我不禁隐隐地为闺密担心，她这一关什么时候才能过？

过几天，又一次接到闺密电话："我和他分手了。"我忙问："真的假的？我不信！""真的，强扭的瓜不甜；我放手了，天天受折磨，不如他走他的阳光道，我过我的独木桥。"闺密终于清醒了。"对呀！你早就该如此了，你看看你这一年为他死了多少个细胞！没有他，你还有儿子，最主要是你还有你自己。找件适合自己做的事情，让自己充实起来，就不难过了。"我再次劝道。电话传来两声："嗯，嗯。"

爱有时是天使，有时是魔鬼！我们完全有能力不让自己被魔鬼控制。什么时候可以不依靠别人，独立于世，才算真正长大了吧！

爱车和我

得到爱车是在 2003 年，这是辆原装高尔夫，前面看像大气的奥迪，后面看像精巧的波罗，颜色是大红色的，我非常喜爱。因为要送女儿上下学，所以买了它，换掉了骑行 7 年的大红摩托。

每天有爱车相伴的日子，像开启了新的人生！喜悦的心情无以言表，买漂亮的坐垫套、各种小狗小猫的装饰布、靠垫、创可贴、喜爱的歌曲碟片、笔、本子。车上还放着女儿的风衣、围巾、香水、喜爱的杂志、小棉被。爱车成了我和女儿另一个温馨漂亮的小家。

急速约上朋友去驾校报名，小班学了 4 个周末，共 8 天，迅速地拿了驾驶证。要正经地上路，我还是不敢开。晚上，我哆哆嗦嗦地开到郊外的空路上，前面一片坦途，但还是有面临深渊的感觉，恍惚间，眼前是一片流淌的鲜血和躺在自己车前的血肉模糊的身体，恐怖的景象限制了我上路的胆量。

爱车成了放在楼下车位的摆设，每天晚饭后，我会上去坐一会儿享受下、开心下，满足一下有车族的喜悦和虚荣。

后来朋友推荐了一个很好的陪驾师傅。周末跟师傅到郊外，师傅坐在旁边，空旷的马路上似乎一望无际，然后师傅陪着我从郊外到市区再开到闹市。几次之后，我的胆子一点点大了，终于可以一个人安全地开着车，陪驾师傅闭着嘴不出声，陪我开出去又开回来。

就这样，我开着车正式上路了。第一次车被剐蹭时心疼得不得了，蹲在路边看着车"受伤"的地方发呆，心如刀绞，就像是自己受伤一样。后来心大了，再被剐蹭时就想：等再剐蹭几处再去一起补漆吧！

再后来，爱车与我成了形影不离的姐妹，就像有的男生把车形容成媳妇，这一点儿也不为过。我的活动半径从家到单位变成到市区各个风景区，再到周边各县城，再到省城，再到其他省市的风景区和美食街。

心情不好受委屈时、不想回家时，就躲在车里——一个安全的独立温暖的空间里，让泪水尽情地流，待心情一点点平复，擦干眼泪，化个淡妆，重新出发。

周末和过年过节，爱车极好地发挥了它陪伴的作用，载着闺密们游山玩水是生活中最开心、最惬意的时候！因为有了爱车，活动范围逐渐扩大，不久，我将和车友们开车去西藏，看世界屋脊的风光，领略祖国的大好山河。

感谢我的红色爱车！

红嘴鸥和老人的故事

　　分享一个真实的故事：1985 年西伯利亚的红嘴鸥来到了昆明翠湖过冬，一位独居老人每天从郊外走路 3 个多小时到翠湖看红嘴鸥，老人每月有 308 元工资，自己只舍得吃馒头咸菜，却把所有的钱买成食物喂红嘴鸥。日复一日年复一年，红嘴鸥每年来到昆明翠湖，就像老人的孩子一样，一群群围着老人。这个感人的情景被一个摄影家发现。

　　可是有一段时间没有见到老人来喂红嘴鸥了，摄影家找到老人的家，发现老人的家里只有一张桌子和一张床，贫困的老人多年来把所有积蓄都用来喂养红嘴鸥。可是，老人已经悄悄离世了。

　　摄影家把老人喂红嘴鸥的照片放在翠湖，无数的红嘴鸥飞来，盘旋着不愿离去，后来齐刷刷落地，整齐地排成两排，为老人守灵 10 分钟。

　　再后来人们在那里塑像，名为"海鸥老人"，以此纪念人和自然和谐共生的奇迹。作家、诗人于坚说："海鸥老人是普通人的英雄。"

　　从那以后的每年初冬，飞到昆明的海鸥逐渐增加，不只是翠湖，还有海埂大坝，它们成群结队地盘旋飞转，我感觉，它们还在一直寻找它们的老爷爷。

深秋的意味

吃完饭回到单位，已经是晚上 8 点多了。黑乎乎的宿舍里，从没有拉严实的窗帘缝隙中照进明亮的灯光，那么亮，甚至有些刺眼。屋里只听见篮球场上篮球着地与砸到篮筐的声音，空寂冷清。

我没有开灯，直接把自己扔到床上，头顶上闪烁的光影来来去去。想起刚才和苟姐去吃晚饭时，苟姐浮肿的眼睛——本来苟姐的眼睛非常美丽，就像新疆姑娘一样又大又双、还有些凹陷，而此刻却没有了往日的风采，她时不时有意无意地遮挡，让我甚是心痛。

她的男朋友是他高中的同学。一次，她悄悄告诉我，上高中时她就喜欢他了，只是没有机会表白。兜兜转转过了 4 年多，同学聚会遇上他，同学们知道他们都还没有结婚也没有对象，就起哄让他们喝交杯酒、互加微信。在那种只有他们自己才能体会到的美妙中，他们完成了同学们要求完成的动作。没想到当晚他就发来微信表达了他的好感，这让苟姐开心得不敢相信老天为何如此眷顾她。之后，他们一切顺利。

他们不在一个城市，约定每星期给对方寄两封信，星期三和星期五，这两天是他们的纪念日。可是，上星期三我陪她去旁边邮局取信时，那个熟悉的女工作人员看见我们俩走进分信的房间，满脸遗憾地说："今天没有。"那个神态就好像是那个女工作人员没有寄信过来，责任在她一样。我们本来兴致满满，一下就降至冰点。苟姐满脸失望，离开了邮局。可能是走得急了吧，突然，苟姐停在路边用右手杵着腰，大口喘着气。见此情况我吓得赶紧说："苟姐，没事的，可能是邮局分信的工作人员今天太忙了，来不及分了，明天就会有了。"苟姐好像没有听见我说的话，眼睛看着不远处的地面，像是周围的人和事都不存在了一般。

星期五，我独自提前跑到邮局看有没有信，又没有苟姐的信，我感觉有什么不好的事要发生了。第二天早上，苟姐来上班，她的眼睛有些肿，明显是哭过的痕迹，同事们都不敢直面看她。苟姐不主动说发生什么了，大家也不好追问。

连着两次没有收到男朋友的信了。苟姐一天天憔悴消瘦下去，圆脸都变成瓜子脸了。有时，她坐在办公桌旁会一阵一阵地发呆，在办公室里大家都不敢喧闹说笑了，稍有谁放肆一下，就赶快收敛起来，偷瞄一眼苟姐。

我实在看不下去了，就对她说："苟姐，要不你把他电话给我，我打过去问一下他，他是什么意思？要这么折磨你！"苟姐收回呆滞的目光，难过地咬咬牙说："不用，再等等。如果再没有消息再说！"

又到了周三，我的心里也万分着急，默默地祷告："刘哥，你一定要来信，再没有信，苟姐就受不了了。"快下班时，我看见苟姐急急忙忙往外走，我就知道她是去邮局拿信了。如果她今天仍然没有收到信，那对她的打击会有多大啊！我有些担心，赶紧跟上她出单位大门，急行中她发现我在后面追她，转过头来，有些不好意思地说："你忙你的呀，不用管我！"我也顾不上别的事了，追上她一起到了邮局。我们一起在装信的木格子里翻，终于，苟姐找到写着她名字的信封了！是的，是她男朋友的地址，是那熟悉的字体。"有了啊！"我心跳加速，兴奋地喊出声来，又悄悄抬头看苟姐，她双手将信封举到胸口，不敢相信似的将信封看了一遍又一遍。我的苟姐她已经满脸通红，双眼有热泪在闪烁，好看的、圆圆的脸此时在落日金色余晖的映照下是那么美丽、温柔、动人。苟姐现在的神态，活脱脱的"恋爱中的女人"！

"赶紧拆开呀。看他怎么说，为什么上星期没来信？"似乎我比她还急。苟姐竟然有些愣神。"你不敢拆，我帮你！"我一把夺过信，这时我才知道信很薄，苟姐半天不拆开，可能已经有不祥的预感。我唰的一声撕开了信封，里面只有一张信纸，上面写着五个字："我们不合适。"我像被雷击中一样，木木地将头转向苟姐，其实苟姐已经知道结局了，她的头早就转向右前方，眼神已经瞟向不知道的远处了。落寞和绝望笼罩着她，木木地被我挽着走在街上。

饭店里，我和苟姐每人开了一瓶酒。苟姐在微醉迷糊中，一边默默地流泪，一边说："我本来不想谈这段恋爱的，他非要那么积极主动，我便全心付出。现在倒好，他抽身走了！"

啊！我的初恋何尝不是如此！爱是什么？爱是愁肠百转最后只留下自己。生命的过程稍纵即逝，爱，更是如此！感受生活的五彩斑斓，切顺其自然，把目光收回到自己身上，这才是永恒的。

和闺密去旅游

去丽江的愿望终于实现了！据说丽江是艳遇之都，是浪漫到忘乎所以的地方，是可以不问过去，不理会将来，只管今朝的奇妙的地方。

正在公休中，闺密打来电话："你在干什么？""什么也没干，都有点闲不住了，想跟领导说上班去啊。"电话那边传过朗朗笑声："你改姓了吗？你姓"工"叫"作狂"了吗？别人巴不得休息，你倒好，好不容易请了公休假，你又闲不住了。你要对得起你的假期，要不如我陪你去丽江？""真的吗？"真是我的好闺密，正在困顿中的我几乎要肆无忌惮地唱歌了。

开始查火车票、查住宿，准备和闺密开启了一场说走就走的旅行。

运气别提有多么好！11号车厢只有我们两人。赶快拍视频发回闺密群，让她们也高兴一下。视频中我们做着无人参观的造型，开心得像是两只小鸟。

记得30年前，我俩一直想上中文系，却莫名其妙被录入财会系。我俩不明白，计算机时代早就来临，为什么开设珠算课？还整天早练晚练？我俩心里严重抵制，就吊儿郎当地学，课程结束后草草地考完了珠算。待考完已是星期五下午5点半，我俩一商量，直奔火车站——去省城玩去。晚上的火车很拥挤，好不容易找到座位坐下，众人都处在昏昏欲睡的状态。我俩可一点都不瞌睡，一出学校门就是放假狂欢。闺密唱起了拿手的黄梅戏《天仙配》。优美的歌声让整节车厢的旅客都集中在我们身旁，旅客连声嚷嚷："再来一个，再来一个！"声浪盖过了火车的轰鸣声。

闺密骄傲的涨红的小脸仿佛还在昨天，这不，30年过去了，从青葱少年到了退休年龄，我们又一起开心地旅游了。

天亮时，火车到了丽江，湛蓝的天空下，凉凉的秋天的气息扑面而来。

不用东张西望，接火车的专线车一辆一辆驶来，不一会儿，专线车就把我们拉到了丽江古城。

早上6点半的丽江古城，还沉醉在昨夜的酣畅淋漓中没有醒来。没有一丝尘土的石子路被磨得光滑锃亮，晨旭的阳光一照，远远的就像起伏的波涛。四通八达的古城小街，两旁红漆漆的木窗木门，每家门旁窗子上都挂满鲜花。那条灵动、清澈的小河从街道中间穿过，小河两旁是簇簇拥挤的大片鲜花。那一簇簇鲜花将我们整个心都融化了，这里是鲜花的圣地，各种颜色的鲜花都有：红色的、紫红色的、黄色的、白色的……简直是花的海洋。

随着耀眼的太阳逐渐升起，人们从四面八方向四方街走来，小小的广场集中了全国慕名而来的旅客。花海中，流水旁，三个一群，五个一伙。有的照相，有的观赏风景，有的嬉戏，有的静静地坐在石坎上、木凳上发呆。小孩在追逐，狗狗趴在地上懒懒地晒太阳。四周做生意的小店熙熙攘攘，游客在讨价还价、买到心爱的小礼品时，露出心满意足的笑脸。清澈的河水欢快地流动，就像人们愉快的心情。每个人来到这里都悠闲自在，没有工作的压力、人事关系的缠绕。只感觉眼睛耳朵不够用，要品花海，要看一家家特色小店里的小吃，要住各具特色的客栈，要看一排排酒吧里漂亮小姐姐们模样，要听酒吧里飘出来的歌声、鼓声。

还有那棵大树上一片片的留言牌，仔细端详上面的文字，感动到流泪："曾经幻想一起去旅行，现在连联系的勇气都没有。遇见你，从眉梢甜到脚尖，现在想要的以后都会有，总之岁月漫长，然而你值得等待。我爱你，不光因为你的样子，还因为和你在一起时我的样子。"

我们站在美丽的丽江街头，面对花海和耀眼的阳光虔诚地许下一个美好的心愿——好闺密永远相伴，永不分离。

希望的开始

总有那么几天要陷入困顿、心灰意冷，思考生活意义在哪里？看不到希望，不知自己存在的价值。那么，走！和我一起去菜市场吧！

太阳刚刚升起，大地一片金辉，树梢静静地仰望着日出，此时正好是秋天，金黄色的叶片金光闪亮。

到菜市场的路不远，走路半小时就可以到。一路上，早起的年轻人身穿运动服，有的慢跑，有的竞走，有的在路边拉伸，清新蓬勃。街边公园里的老人们在转悠，脸上是经历风雨之后的宁静、自信、安详。偶尔有上班族一路快步奔走。看着他们急促努力的样子，不禁有些感动。送孙子孙女上学的爷爷奶奶牵着小孩，在公交车站上抻长脖子张望着。偶尔有小贩没有入驻菜市场，则把装满菜的担子放在市场外面的地上，绿油油的本地蔬菜翠绿欲滴，立刻会围上一群人来哄抢。

一走进菜市场，热火朝天的烟火气扑面而来，菜品种类繁多：左边三排是水果摊，各种水果飘香：甜橙金黄闪烁，一串串水晶葡萄乖巧地躺着；阳光玫瑰葡萄是葡萄中的大王，翠绿的颜色让人爱不释手；红红的熟透的苹果羞涩地摆着；剥掉皮的菠萝蜜一盒盒按次序摆放着，黄灿灿的，带着特殊的香味，等待爱吃它的主人；榴莲姑娘穿着婚纱躲躲闪闪地藏在篮子里，不舍得出嫁……

右边那三排是生肉、海鲜：有杀好的鸡，有切成块状的猪肉、牛肉，有欢快地游动不知道末路的鱼儿，有泡在盛有水的盘子里的一动不动的蛏子、花甲，有被牢牢捆绑着不动声色的螃蟹……

往里走，售卖的是各类生机勃勃的蔬菜：有鲜绿的大白菜、青笋、小苦菜、白绿相间翠绿欲滴的芹菜、我最喜欢的老南瓜、大盆腌酸菜、臭豆腐……

卤菜柜台那些卤好的猪肝、猪肚、猪脸、猪大肠……一盘盘油光发亮，卤出来的焦糖色，让人一看就口水直滴。

刚刚出炉的烤鸭、烤鹅流着金灿灿的油水，被悬挂在挂钩上，理直气壮的身姿有些好笑……

还有那甜白酒、凉拌菜、炸酥肉、油炸干巴，八宝饭、火腿。啊！数不尽的美味啊！

买菜的小情侣甜蜜地手拉手，眼睛四处张望，那样温馨和美。老人们边走边观察边盘算着怎样买到又新鲜又省钱的菜品，迟缓的步子让人有些着急，可你必须让他们先行。买菜的男人最动人，他们不好意思讨价还价，急促地问完价，买了提上就走，扫荡一通，七七八八地拎着袋子，快速逛完，一副完成任务的姿态，悠闲自得地往家走。这时他们的脸上一改平时注意力集中的样子，此刻是散漫放松的状态。

最有神采的是主妇们，她们在菜市场尽显优势，她们知道什么菜有营养，要去搭配什么菜，哪个菜摊的菜是农家菜，哪里的牛肉没有注水、哪里的水果最新鲜，什么菜砍到什么价位，过日子中精于计算的才能在此刻大放光彩。心满意足凯旋的神态，仿佛得到了全世界。

如此生机盎然、生生不息的场景，让我不禁想到，过这样简单自在的人生挺好。

小时候的年味

小时候对过年的盼望似乎超过一切。从当年的八九月份就开始盼着过年，那份盼望蠢蠢欲动。早早地就听妈妈和处得要好的刘老师谈论："今年过年我们家准备灌点香肠、腌点腊肉……你们家要做些什么？"我们在旁边做作业，侧耳一听，我和弟弟的小心脏就按捺不住狂跳了起来，我们相互偷偷看一眼，喜不自禁。妈妈侧脸看见，立即说："你们语文考不到95分，数学考不到90分，就不要想穿新衣服了。"这个包袱一下压在了我俩的头顶，但是也就一会儿，过年的喜悦立即冲淡了对分数的恐惧。

盼望和喜悦就是可以得到平时不会得到的、可以自由支配的一笔不少的压岁钱。开支计划早就做好了，我呢，想买一本塑料皮的日记本，像我们班的班长一样记日记，写心得体会；弟弟想买一把口琴，前面那排房子的张师傅得闲就打开正对我家大门的后窗子，把窗帘挑了挂起来，站在窗前吹口琴，吹的是《闪闪的红星》，弟弟耳朵"馋"得蹲在他家窗子下听。

可以得到一年一套的新衣服。前两个月就看见妈妈扯好布，找厂里最好的裁缝做新衣服了。我记得我的总是暖色调花布上衣，小圆领，胸口有两个小口袋，裤子是暗红色的灯芯绒裤子。弟弟的是一套草绿色中山装，那时弟弟才上二年级，弟弟穿上中山装总感觉小老头一样。新衣服做好拿回来，妈妈让我们试一下看合不合适。我和弟弟都爱不释手，不想脱掉，我最后还老老实实不情愿地慢慢脱，弟弟穿着新衣服跳下床光脚就往外跑，被妈妈追回来打了一顿。从此新衣服就被锁在木箱里了，直到大年三十才会拿出来。有时候我和弟弟都会暗自想，锁在箱里那么长时间，衣服会不会发霉啊？

　　过年放的假才是真正的放假。不用被妈妈天天逼着做永远做不完的作业，可以放松地心无旁骛地和院子里的小朋友逛小商店，买点甜咸的青果、甜蜜蜜的伊拉克枣、"老鼠屎"（一种化痰零食），到小朋友家偷偷翻找大人藏好的东西吃，到后山上的树林里聚会，一起躺在落在地上的松针上听松涛声声。妈妈那句恐怖的"赶紧回家整学习"，暂时听不到了。

　　说过年，马上就有行动了。每天做完作业就要实行妈妈的过年计划了。首先把床上、桌子上的东西全盖住，爸爸把单位过期的旧报纸要回来，熬好糨糊，我和弟弟打下手，妈妈和爸爸轮着爬上摞成两层的凳子上，往屋顶上刷糨糊。我们递报纸，妈妈爸爸把报纸整齐地贴在屋顶上，盖住去年发黄的旧报纸。全家一起上阵，忙乱而快活。如此操作完4间房，把盖东西时的报纸扔掉后，整个家焕然一新，散发着糨糊的香味。然后分工，我洗全部被子、床单、衣服。弟弟去开水房拣倒出来的二次焦炭，拣够过年这几天要用的。爸爸忙过年的一日三餐，准备杀年猪。妈妈负责巡视检查。

　　其实全家最大最开心的一件事就是杀年猪。那时候猪肉是一个月凭票供应一次。爸爸担心我们营养不良，便自己养起了猪。一到过年前一个月，妈妈爸爸就写信邀请昆明和楚雄的亲戚来家里过年，杀年猪。看到信后，亲戚们就坐着火车、长途汽车来了。我们看见一年没见的亲戚，分外开心。晚上床不够睡就顺着床边打地铺，每张床位上都挤着两三个人，火炉放在中间，暖洋洋的，大家都不想睡，你一句我一句，要把一年想说的话说完才睡。

　　杀猪那天一大早，爸爸请来的杀猪师傅们穿着长筒胶鞋，系着黑塑料围裙，拿着闪闪发光的长把儿杀猪刀就来了。爸爸妈妈一阵张罗，然后把猪从圈里哄出来。心碎的一刻来了，猪以为要给它喂食，泰然自若地摇晃着出来，一看外面那么多人，情况不对，转头就往回跑，带倒了接猪血的桶，带倒了要让它躺在上面杀它的长凳。顷刻间，大家都乱了阵脚，猪儿撕心裂肺地嚎叫着，挣扎着，杀猪师傅们倒是异常沉着冷静！刹那时，师傅们已经冲上去将猪儿四脚捆起，提起来放倒在长凳上了，猪儿知道自己活不成了，它尖厉地叫着、挣扎着，一股鲜血从脖子上的刀口汩汩地流淌出来，慢慢地，猪儿的声音变成呜咽。每次杀猪师傅将刀快速插入猪儿的脖子时，都好像是插在我的心口上，眼泪悄悄溢满眼眶。

　　对猪儿悲惨命运的感叹和伤感，随着猪肉的入口渐渐消失了。有时候我想，猪儿的命是最不好的命，生来就是养肥了被杀，被千刀万剐，多么不公平的命运啊！

　　晚上，亲戚们一起帮爸爸着炸酥肉、装香肠、做豆腐血肠……

　　回味无穷的儿时的年！想到这里，眼里浸满了泪水！因为父母已离开了人世，兄弟姐妹已天各一方。

笑对人生

　　小芳从医生手里接过 X 线断层扫描报告时，低头一看上面赫然写着：乳腺癌中晚期，顿时大脑一片空白，脚下发软，随即倚着门框，医生表情凝重地说："尽快来住院做手术吧。"这个结果她一直怀疑，因为乳腺结节存在好长时间了，她一直没有太在意，一直想老天不会这样对待自己的。常常晚上躺在床上一遍一遍回忆自己走过的路、处过的人、说过的话，确定自己没有做过对不起任何人的事。

　　她木木地挪动着双脚出了医院大门，没想到老天还是没有放过她，大门外车流人流在眼前穿过，阳光很刺眼，她拼命忍住泪水，站着想了想，该去哪里？

　　医院不远处有个公园，她不自觉地朝公园走去。因为天气很好，公园里的人很多，没有人注意到她。她找了个僻静的地方坐下，前面是湖水，波光粼粼。看着过往的人们来来往往，她呆呆地坐了一会儿，全身一点力气都没有。过了会儿她把报告单拿出来再看，上面那几个字挖心似的在眼前跳动。乳腺结节好几年，时不时地买点药吃，不疼就没有管。常常因为工作轮班不好请假，总是把检查往后一推再推，结果，老天终于惩罚她了。

　　现在怎么办？已经是中晚期了，是继续医，还是不医了？想到这，她的心反倒平静下来。初恋的老公单位早就解体，在外面打了几年工，不好做又回家闲着，心态慢慢变了，所有的事他都无所谓，他们已经是住在一个屋檐下的陌生人，她早已心灰意冷了，跟他说与不说都一样了，不说还少些烦恼。

　　只是儿子还在上初中二年级，自己走了以后，儿子怎么办？想到这里，她泪如泉涌。想起80多岁的老母亲一直生活在乡村的大姐家，平时自己工作忙，都没有怎么去看望；想起相处很好的客户，一直帮他们代理的理财产品要怎么移交给能力强的同事？想起那一抽屉考取的各种资格证书，想起手下平时相处情同兄弟姐妹的18个同事，想起家里仅有的存在自己名下的12万元存款，要怎么处理？

不知不觉，天已经黑下来，儿子这个时候在学校上晚自习，老公肯定在家里沙发上面无表情死人一样的躺着。还是回家吧！

打开家门，果然沙发里的他没有问她吃饭了吗，没有问她去哪里了。这样的状况是常态，她一点也不奇怪，可是今天她异常伤心。她直接走进儿子的房间，躺在床上，任泪水滑落。墙上有儿子的各种奖状，科比的各种画报，桌子上铺满儿子的书、作业本和昨晚上没有喝完的半杯牛奶。

外面的电视响着，这一切，此刻是这样不舍，就这样结束了吗？她不甘心啊！流着泪晕乎乎地睡了一会儿，一看表，已经近9点了，天完全黑了，她肚子有些饿了。突然，她下定决心，为了儿子，为了老母亲，为了……一定要拼一下，不能就这么放弃，不管拼了之后结果如何，起码不留遗憾、不后悔。

她咬咬牙爬起来，开始做饭，打扫卫生，洗澡，决定明天去单位请假住院。

经理接过她的请假申请抬起头问："你大概要请多长时间呀，你都没有写，我们不好安排嘛。"小芳只得把医院的诊断报告拿给领导。"怎么会这样？"经理吃惊地从座位上站起来，把眼镜拿下来认真地看了又看。"看来是真的了，你赶快和家里商量好，把工作交接一下，收拾好需要带的东西，我们派车送你去省肿瘤医院。"看到领导这样的举动，小芳突然眼泪就出来了，哭得喘不上气来。"你也别急，现在的癌症是慢性病了，各种靶向药针剂都有了，应该对生命的威胁不大了。"平时对领导各种不满，现在有难的时候领导站出来帮自己，安慰自己，小芳凄惨冰冷的心暖过来了些。

中午下班前，小芳将工作交接完，回家收拾东西，看老公依然躺在沙发上，厨房里冷锅冷灶，小芳气不打一处来，说："饭也不做，一天只知道躺着！"老公回答："我10点半才吃完早点，现在不想吃，你要吃，有凉了的米饭，你自己做个蛋炒饭。"小芳气得喊："我不吃了！"便摔门走进卧室，一边收拾东西一边流泪，心想：这样的婚姻要他做什么。

提着东西从卧室出来，老公终于问："你要去哪里？"小芳想了想把检查报告扔给他。他懒洋洋地捡起来看，默不作声，小芳见他没有反应，抬脚刚要走，老公发话了："我身体也不舒服，再说儿子也要人管，你先去，到了医院告诉我一声。"小芳这下死心了：谁都靠不住，只有靠自己。

护士拿来做手术签字的文件给小芳："告诉你家属来签字了，明天安排你手术，你的情况，手术时创伤面会比较大。""我没有家属，我自己签。"说完，小芳冷静地签下自己的名字，并且告诉医生所有的针剂、药都用进口的。小芳已经和朋友商量好贷款看病的事，只有自己对自己负责，自己好好地活着才能笑看人生。

距离做手术已经过去了 15 年，小芳自己带着儿子过了 15 年，儿子已经大学毕业，一年一次复查都没有出现问题，医生说应该没事了。经历过生死考验的小芳常说："还好当初没有放弃，不然就不仅是放弃了自己，还放弃了儿子、亲人、朋友和后来美好的生活，还是要感谢自己的坚持。"

楼下的小吃店

    我们单元楼下是楼与楼的中空和过道，光线不是太好，建这栋楼的时候，开发商把一层全都设计成了大大小小的商铺，可是就因为没有光线，商铺黑乎乎的，一直租不出去，每天从前边经过，看着一排黑洞会有些瘆人。

    突然有一天，临近电梯口那间只有六七个平方米的小铺面有了灯光——这里大白天都要开着灯的，有个30多岁的农村妇女背上背着一个小男孩正在打扫，接着，她自己拿工具刷石灰墙，用水泥抹地，脸上的表情木然疲惫，让人看着有些心酸。心想：她没有家人来帮忙吗？

    过了几天，我下班回家看见小铺里面多了2张小桌子，几个小方凳子，一台液化气炉子，一个煤气罐。门楣上横贴了一张红纸招牌，上面写着：知味小吃。她的脸上有了欣慰的笑容。那天路过我便问她："要开张了吗？""是啊！不知道生意好不好。"她开心地回答。"应该会好的，你主要是卖什么呢？"我又问。她答道："卖点米线、面条、豆浆、油条这些小吃，卖饭菜那些需要本钱。""是啊，附近上班的人还是多，小学生放学有的会从这里过的，应该会好的。"我安慰着她。

    可是她的店一连几天几乎没有生意，我看见她背着孩子无奈地坐在小凳子上，满脸愁容，孩子嘴里啃着个玩具。看见她的样子，我很揪心，我都有点不敢从她的店门前过了。有天中午下班路过，看见有个戴眼镜的小伙在那里坐着吃米线，我有些激动，赶忙要了一碗面条尝尝看味道如何。她很高兴，赶忙煮了一碗给我。"嗯，还不错，就是油水少了点，你用排骨汤或者是鸡汤与排骨汤混合起来做汤就更好了，用自来水做出来味道肯定不太浓郁。"我给她提建议。

攀谈中知道，她老公是建筑工人，长年在外面的工地上，一家三口的生计全靠老公微薄的收入，她说现在孩子大了点，自己出来做点事贴补点家用，选择在这里是因为房租便宜。她家是农村的，她是家里老大，还有一个弟弟一个妹妹，他们都还指望着她能帮点忙呢！我不禁有点佩服她，她真是不容易啊！

渐渐地，我发现她不仅仅卖吃的，还帮附近的住家收快递邮件、帮旁边小学一时回不了家的家长看孩子、还帮我们赶时间的邻居保管物品、甚至于可以去她那里接开水、豆浆。她帮忙做这一切的时候，大家可以随心给她1元钱，不给她也无所谓，依然可以看见她从内心发出的由衷的微笑。

她勤快麻利的动作、热情的笑脸，让这个小店逐渐拥挤起来，甚至小区都同意她在店门口增加2张桌子，还请了一个中年妇女做帮手。小店的状况一天天好了起来，她老公放假回来也来一起帮忙。我打趣道："你终于回来了，你家小张前不久愁死了，我都不忍心看了。"她老公乐呵呵地说："我这不回来帮忙了吗？她挣的钱都比我多了，我都想辞职回来卖早点了。"小张忙说："不行哦，各挣各的钱，公职丢了就可惜了。""我跟你开玩笑的。"她老公忙说。

半年不到的时间，我看着小店从无人光顾到拥挤不堪，从女老板愁眉不展到喜笑颜开，很是欣慰，满腹感慨。无论做什么事，只要坚持信念，勤快不偷懒，想方设法，再难的问题都可以解决，都可以有所改变。

我喜欢这样的情怀

越来越喜欢"情怀"这个词，以至于看见很多场景就用情怀去解释套用。今天特意在浏览器上搜索，得到的解释是"高尚的心境、情趣、胸怀与人的情感为基础，与所发生的情绪相对应"。这是一种超越实际利益、超越功利的一种胸怀。

情怀体现在生活的方方面面。前不久，我在抖音上看见一个感人的场景：在宽阔的马路上，斑马线上的红绿灯红了又绿，绿了又红，一个行动相当迟缓的老大爷佝腰慢慢地行走着，各种车辆在他身旁疾速穿行，非常危险。这时，有个出租车司机相当霸气地将车停下来，打手势让后面的车停下来，然后快速走到大爷身旁，将大爷背在背上，送到马路对面。这时，后面4条车道上的车全部静静地等候着，他们或许感觉到了愧疚。不觉为出租车司机的举动感动到心潮起伏。有时候看似不值一提的小事，但是能俯身去做，留给别人方便的同时，也体现了自己高尚的情怀。

那个用双手接住从高楼上掉下来的小孩，自己严重受伤的快递小哥；每天夜里默默跟在下自习回家的小女孩身后的警察；公交车司机每晚在车站多等5分钟，等那个素不相识的高中生，一等就是3年，直到他考上大学；那个小饭店的老板娘一看见讨饭的老人在捡别人剩下的吃食，每次都会重做一碗端给老人。这些都是助人救人的情怀，是对生命的敬重。

小时候一到周末，院子里的小伙伴们就玩猫抓老鼠的游戏，开心得舍不得抽时间去上厕所，小伙伴最后尿裤了，回家被他妈妈揍一顿。现在想起来，仍然快乐而又回味无穷，这是童趣的情怀。

在去冈仁波齐神山的路上，朝圣的人们拖家带口，一步一叩首，经过春、夏、秋、冬，甚至孩子生在朝圣的路上，他们的的脸上是圣洁的光芒，纯净的眼里闪着星光，千难万险也动摇不了他们的虔诚。这是信仰的情怀。

父母看着养大的儿女，渐渐离开的身影，无尽的担忧，这是父母对儿女的深情，这是亘古不变的父子情怀。

闺密们每星期相聚在一起，倾诉生活中的酸甜苦辣，释放、宣泄委屈，相互安慰，加油打气。这是珍贵的姐妹情怀。

每到清明节，每家每户全体总动员，带上去世亲人爱吃的食品，到亲人的墓碑前祭奠。这是对亲人感念的情怀。

四川治沙英雄孙国友带领全家住进毛乌素沙漠 21 年，将寸草不生的万亩沙漠变成了绿洲，多年的积蓄收入都用在治沙中。这是无私无畏的爱国情怀。

随着年龄的增长，越来越喜欢这样纯粹的付出，不为其他，只为心安、责任、道义、友谊。因为有这些，荒漠般的心上才能开出鲜艳的花朵，才有令人热泪盈眶而又令人欣喜的远方。

一个开心的消息

快到上班时间了，一般情况，老明只留 10 分钟路上的时间，开车 10 分钟到单位，这时间并不算长。她一边穿鞋，一边抓起桌子上的包，她有些懊恼：最近越来越贪睡，连睡个午觉也睡过头。

老明拉开门，门口站着一个黑影，吓得老明一激灵。那人是背对着老明的，21 楼的走道也有些黑。老明警惕地问："你找谁？"那人转过身来，老明看清楚了：是位农村老头，大概 60 多岁的样子。他回答："老师，你不记得我了吗？我是小强的爹啊！"老明顿了顿，突然想起来小强是谁来。看看表，上班时间要到了，但老明还是一边说"进来坐，进来坐"，一边侧身让老人进来，接着赶紧打电话给领导说明会晚些到。

10 年前，单位组织员工自主报名，到第一中学对家境贫困的孩子进行帮扶，通过顺序认领，老明认领帮扶的那个男孩就是小强。老明原来和小强的爹打交道不多，好像见过两次。老明放下包，赶忙倒茶水给老人，看老人喝着茶水的空隙，老明打量着老人，老人身着蓝色中山装，神情安详大方，看着不是没有文化的农村人。他手里提着一个塑料袋，坐下后便小心地放在脚边。

老明认领帮扶小强时，小强上高二，家在离市区很远的乡下，那时老明才 40 岁，精力还很旺盛。单位同事几乎都认领好了帮扶的对象。记得那段时间，一到周末要下班，大家都在讨论带认领的孩子去哪家馆子，吃什么。老明通常带小强去馆子吃顿饭，然后带回她家住一晚上，再炒点肉酱，带几根火腿等不容易坏的菜，让小强带去学校，有时还带着他上街买当季的衣服。老明认为，帮帮穷困生是应该的，女儿也可以把自己当成学习的榜样。

就这样过了一年多，接近高考了。老明发现小强有些退缩，她问他理想学校是哪一所？小强不是很自信地说："只要考上就可以了。"看他的考前状况不是很好，老明很着急，有一天，老明抽空到学校，问班主任小强的情况，才知道他的物理、化学分数不知道为什么下降了。周五晚上，老明一家人带着小强在学校附近吃饭，老明问起小强的学习情况，小强面露难色地说："最近一直睡不着，上课就老想睡觉，集中不了精力。"老明就赶紧安慰他："你是你们县考上来的状元，基础很好的，一定是紧张造成的，你把心态放平和，尽你最大的努力，不留遗憾就行了。"

不久，高考成绩出来了，小强考得不是太好，与原来希望的分数差了一大截。不过最后，他还是被北京一所很好的大学录取了。这个结果对于老明和小强来说，也算皆大欢喜。小强拿到录取通知书后，老明和办公室的同事一起约上他们帮扶的孩子们到馆子里大吃一顿，大家说了好多彼此鼓励的话，意犹未尽地结束了庆功宴。

送小强去北京时，老明想，北京冷，就里里外外给小强买了些衣服，给了他3000元钱让他好好吃饭，告诉他不能亏待自己，长身体的年纪要赶快长高、长结实了，不然以后找不到媳妇呢！小强充满感激地说谢谢老师。他的内向和不善言辞老明是知道的，暗中担心他以后到社会上难应付，于是再次提醒他："上大学一定要多参加活动、学习跟人交流，要主动说话，只要不得罪人的话都可以说……"

大学4年中，小强只回来了一次，那次是在大三那一年，他带着家在武汉的同学回来了。老明带着他们去公园玩，上馆子吃特色菜。小强临走时，老明还是一如既往地给他买了当季的衣服，转了3000元钱给他，叮嘱他要好好学习，如果考上研究生，她还会继续帮他。

大学毕业后，小强没有回来，老明打电话问才知道，小强没有考上研究生，现在在一家房地产中介打工。老明一听，就很难过：名牌大学毕业，却出来卖房子？但是他自己不想回来，想在北京再看看有没有机会。后来，小强的电话就打不通了，他们从此失去了联系。老明偶尔想起来，心里会沉一下，不知道他过得怎么样了？

这时，小强的爹开口说："老师，小强一直没有忘记你，只是他发展得不好，不好意思联系你！原来，他在北京做了好多工作，都做得时间不长，再后来遇上从山西来北京打工的女孩，两人结婚了，就跟着她去山西了，也没有回过家，这次是我们去帮他领孩子回来，他叫我一定代他来看看你。"哦，是这么回事。老明释然地说道："他好就好了，我也一直牵挂着他呀！他在太原做什么工作呢？""在一所高中教书，小强说你换了电话，让我跟你要个电话，他想跟你联系，请你去他们家玩。"

　　说完话，老人就要走了，老明左挽留右挽留都没用，说要乘末班车赶回乡下去。小强的爹把脚边的塑料袋递给老明，里面装的是他们家自己做的土豆片、葵花子。老明拿了两瓶酒、两袋茶叶给老人，把老人送上了公交车。

　　悬在心中多年的事有了着落，老明顿时觉得天更蓝了。

一股清风

此刻，坐在小李面前的副行长和蔼真诚地注视着她，一时间给了小李一个错觉：他好像是父亲一般慈爱地看着自己，小李心里升起一片暖阳。

"小李，你看你昨天到我们办公室要求分配房子的事情，行长和我商量了一下，你提的要求没有错，按理说你也算老职工了，你来我们单位工作的时候，才有 13 个人，现在已经翻了一倍了。我们分房子时考虑到马上要调进两个老同志，他们虽然之前是在别的单位工作，但是按规定，他们的工龄也是要算在里面的，工龄分这一项就比你高好多，所以就先把房子的名额留给他们了。不过既然你提了这个要求，我们就做下调整，肯定会给你个满意的答复的。只是行长那里，你要主动改善一下关系，不能由着性子来，毕竟他是领导，也是老同志。你昨天的行为有些自我了，把他气得今天都还没有回过神来呢！"说完这些，副行长看着小李。

20 世纪 90 年代，还是靠单位分房子的时代，达到分房子的条件而没有分到，那可是一件大事。

刚好这事就落到了小李的身上，那天早上一上班，坐在小李对面的小胡就神秘地凑过来，脸上满是意味。小李看她那样就知道有什么消息与自己有关，也忙着站起身凑过去问。"你知道分房子的名单出来了吗？"小胡故意顿了顿，等小李发问。"都有谁啊？有我吗？"小李问。

单位的新楼房刚刚竣工，早就传出消息说新房子的分配名单有谁、谁、谁，但是一直没有公布，这事就成了一件极其神秘的大事。听小胡这么一说，小李就差不多相信了，因为小胡在单位里的消息是最灵通的，平时业务上小李也非常配合她，所以小胡心里还是蛮感激小李的。

　　小胡答："好像没有，凭什么有的人在你后面来的都分到了呢？"说完愤愤不平地撇了下嘴。她这表情一下就激起了小李的怒气。能不能分到房子，小李心里也没有谱。一个原因是她在这里无依无靠的，没有什么别的亲戚；另一个原因是她平时就不怎么跟领导接触，遇见领导是能躲就躲，不像有的人，大事小事就爱去领导那里汇报。所以有什么好事轮不到自己，小李也想得通。但是一经小胡这么一说，小李想：人活一张脸，树活一张皮，不能让所有人看不起！想到这里，小李一咬牙，说："我要找领导评理去，不出声还以为我是病猫！"

　　"领导，请问一下分房子的名单里为什么没有我？我犯过什么错误？工龄不够？还是职称不够？请你们给我一个准确的答案！"两个领导一时蒙了，相互对视了一下，又同时低头忙于自己手头的事情，没有人回答小李的问话。冷场了几分钟，小李站在那里气得有些发抖了，不被尊重的怒气驱使她朝着行长冲过去，把行长手中正在报纸上画的笔抢过来，使劲儿摔在地上，说："一天不给我答案，我就天天到你们这里来报到，我看谁敢记我的缺席！"说完，小李就近找了个沙发坐下来，静静地等着事态的发展。想必行长应该是气得不行了吧！

　　沉默了一会儿，副行长转过头来，看着小李说："你先去上班吧，给我们三天时间，我们看怎么调整一下。"于是就出现了文章开头的那一幕。

　　小李一下子不知道说什么，怔怔地看着副行长。副行长继续道："明天我们把房子的钥匙交给你，你是不是去和行长说说感谢的话呀？"说着，副行长起身去拿水壶，然后一边续水一边说："以后有什么事要及时和我们沟通，但是要注意方式方法。你一个人在这里带着女儿不容易，我们家老妈妈闲着，有事你告诉一声，她有的是时间，可以帮忙的。"

　　这下，小李感动得泪花闪闪了。自从分配到这个单位，她没有和领导正面谈过话，开会时候，也是和领导隔着老远坐，尽量避开，不想有过多的接触。渐渐地，小李就成了单位的边缘人，平时只和要好的几个人在一起玩。对于领导，她本着尽量回避的原则，因为自己不善言辞，不会吹捧，害怕自己说出什么不着调的话，没办法收场。小李在心里给自己立了一个规矩：把自己岗位上的事做好，不要出错让别人挑出毛病，就可以了！

看小李有些发愣，副行长说："小李，还有什么问题吗？"小李回过神来赶紧说："领导，谢谢您的关心，我昨天是有些冲动，没有想那么多，给领导带来些麻烦，让您费心了。"说到这里，小李有想流泪的冲动，那是草根遇上春雨的滋润和感激。

在感动和温暖中，小李飘飘然地回到家里，女儿已经在沙发上睡着了。她把女儿抱上床，给女儿擦脸洗脚，女儿都没有醒，女儿红红的小胖脸蛋实在是可爱极了，小李俯下身使劲地亲了亲女儿的小脸。

此刻的幸福和快乐是多么无以言表！

由煮饭想起的

小时候因为煮饭，没少被妈妈教训。那时是用柴火煮饭。

每家都用砖、水泥砌一个有齐腰高度的柴火灶台，到煮饭的时候，家家厨房烟囱随风冒着烟，缭缭绕绕。

我们下午4点放学，妈妈爸爸是6点下班。我要担负起给全家煮饭的任务。那时没有电饭锅，首先要生火，用火柴点着废纸放在灶洞里，再燃着架空的小木棍，火燃起来再放上大点的木柴。大铁锅里放上淘好的米，米里放多少水就是折磨人的技术活了，水的多少决定饭的成熟度，撤火的快慢又决定饭煳不煳。常常是水放少了煮成夹生饭，水放多了煮成稀饭，时间稍长又煳了。多少次被妈妈揪着耳朵问："耳朵长了没有，记性呢？告诉你多少次了，水要放到第二节中指骨节。"妈妈一边气恼地吼，一边把水放到中指骨节那里做示范。我每天放学后，就赶快回家煮饭，然后提心吊胆地等待饭煮好，这个过程好煎熬。现在想起来，都觉得是我心里的一块阴影。

有天小伙伴告诉说，如果饭煮煳了，可以在上面插几棵大葱头，就没有煳味了，也不会被发现。于是，我煮饭前就去自家菜地拔几棵葱洗好备用，就等待饭煮煳，可是那天却没有煳，煮成了稀糊糊饭，我赶紧把大葱头藏起来。

终于有一天水放少了，火又烧得太旺，饭煮煳了。我闻到煳味，趁大人还没有回家，赶紧跑到菜地拔葱，洗好，插进煳饭里。

盛饭的时候闻不到煳味，但是与平时的饭香味还是有差距，我被妈妈一顿责问加教训，现在想起来，还心有余悸。

因为煮饭要用柴火，所以寒暑假里，我做完作业最重要的任务就是去附近山上砍柴、拾柴，把柴挑回来，码好。记得三四年级时是和小伙伴一起背上背篓，捡一些短小的木棍、枝条，半天就可以回家了。五年级开始，附近好捡点的柴火都被我们捡完了，我们就改成周末早上去远一些的后山捡。一早就和小伙伴们约好，用铁饭盒装好午饭，带上扁担和绳子，从后山上山找柴火去了。

上了山，我们就像脱缰的野马，你追我赶、欢蹦乱跳，一路摘野果摘个不停：土地瓜、棠梨果、甜草根、火把果；还可以摘白色、红色的山茶花、可以吃的映山红；看见慢悠悠散步的老牛和它刚拉出来的冒着热气的牛粪；在阳光照耀下闪着亮光的水库清澈见底，碧波荡漾，有野鸭子在水边排队散步，那场景总是让人想要扑上去摸摸可爱的它们。

到了山上，我和小伙伴各自忙着找树枝和农民砍下来不要的木头，找得差不多了归拢起来，分成两部分捆绑起来放好。弄完这些已经接近中午，肚子咕咕叫了，小伙伴们拿出自己带来的饭菜，都是各家妈妈准备的。大家交换着吃各式各样的饭菜，坐在阴凉的树荫下，只听见欢乐的笑声和松涛的哗哗低语声。吃完饭不是饭饱神虚吗？于是大家三三两两在掉满松针叶的地上小睡一下。静静地躺在地上，高高的松树尖在蓝天白云下摇曳，云朵在头顶上飘呀飘，被风吹得摇摆的树枝发出唰唰的声音，那样辽阔高远、和谐。

大家醒来已是下午三四点，担心天黑了山路不好走，无奈只有赶快回家。大家或挑或背，争先恐后地一路追赶着回家了。如果约不上小伙伴，自己一个人也是要完成这一天的捡柴任务的。通常在假期里必须准备好一个学期的煮饭柴火，柴垛一定要码到厨房外面，与厨房一样高才行。

后来有了蜂窝煤，煮饭的难度减轻了好多。还有，每天晚上封火又是个技术活，经常是爸爸没封好，第二天熄火了，妈妈要埋怨爸爸，这样的争吵也让家里乌烟瘴气。

后来有了三角牌电饭锅，暗自感谢这位发明者，用上这个煮饭神器，消除了多少大人和孩子们的烦恼。不得不佩服"科学就是生产力"这个真理。

现在煮饭这件事成了生活的享受，米的软硬程度也可以智能控制，只要按下开关，饭香就弥漫整个家。时间一到，饭自己就煮好了，端上餐桌的饭正合适。

友谊的小船再次起航

一天，正在午休的我在睡梦中被电话吵醒。发小来电话："阿明，赶紧转 500 元钱给我，我打麻将输了，不借我的话，我就走不了啦。"一听是这个理由，我怒火立即就来了，说："打麻将不借。"我把电话放下，却久久不能平静。

我们是发小，从小学一年级到高中毕业都在一个班上，还同桌了好几年。高中毕业后，她被纺织厂招工参加了工作，我又去读了几年书，毕业后，我被分配在县城工作，我们就失去了联系。直到有一天，我们在市里的大街上迎面遇见，惊喜和感叹一下袭来，又是叫又是跳，说："是你呀，多少年没有见了！"我们激动得眼里都闪着泪花。

仔细端详彼此，都有了丝丝白发，不禁感叹岁月匆匆！想起上小学时，学校每个学期都要组织拉练，其实就是老师组织全班同学各自带上饭盒去野营郊游。她是河南人，经常带的是白面馒头，还有我们没有见过的猪肉松（我一直非常好奇，20 世纪 70 年代初她家怎么会有猪肉松）。我们两家住在一个院子，为了吃上她家的肉松，我就帮她背绿色军用水壶。我的爸爸腌的腐乳又是她特别喜欢吃的，每次一小撮肉松和一小块腐乳的交换让我们形影不离。

我们是厂矿子弟学校，从幼儿园到高中毕业都在一起。这次重逢让我们又腻在一起，恰好她的家和我家只隔一条马路，说来也奇怪，我们在同一条马路走了 10 多年居然没有遇上，这使我不得不惊异于命运的安排。

后来她境遇不是太好，因为单位不景气，早早就被迫买断工龄，闲下来的日子过得很是紧迫，去打了几份工，终因各种原因没有坚持下来，也逐渐地消磨了她的自信心，每月靠仅够生活的那点养老金艰难度日。

她过得不好我很难受，平时在一起尽量不让她花钱。我想找个时间好好跟她谈谈，毕竟在经济上给予她的帮助只能是一时的，她自己能坚强地站起来，对自己的生活有个正确的把握才是关键的，也是最可靠的。

"能不能找个适合你、可以长时间坚持下来的工作？你还在读书的儿子不是还要大量用钱吗？"一次在晚饭后散步时，我挽住她问。她认真地看了看我："你说我能做什么呢？"

看她那种破罐破摔的样子，我一下生气了，说："只要想做哪会没有合适你做的？可以去家政公司做保洁、可以去商场卖货、再不济可以去医院做护工，只要真心努力去做，都比闲着到处逛、打麻将好呀！"她看我急不可耐的样子，也大声嚷嚷："家政公司要爬高上低的多危险，我原来干过商场卖货，从早上 8 点半到晚上，站一天才 1500 元的工资，我何苦呢？去医院当护工工资倒是高点，去没日没夜地伺候病人，可能没干几天我自己就病了。"那天我俩没有谈出个名堂来，我有些气馁。

怎么办呢？她的问题不只是经济上的困窘，精神和思想上的空虚和无聊才是主要的问题。我的闺密阿瑛说各人有各人的思想和生活方式，让我不要把自己的思想强加给别人。道理人人都知道，可是发小是我从小的伙伴，像亲人一样的，我希望她不要消沉，有希望、有精气神地活着。

因为没有借给她去还麻将场上输了的钱，我们有一段时间没有联系了，我想，让她自己去思考一下吧！终于，一天晚上，她还是忍不住主动打电话给我，聊了些无关痛痒的琐事，之前借钱的事谁都没有提。我们友谊的小船不会翻，我们还可以在一起相互陪伴，享受我们之间的美好时光。

那天看见我们小区的干洗店贴出转让的广告，我想这不正合适她做吗？立马兴奋地跑到她家，告诉她这个好消息：整个小区有 9 幢楼，每幢楼有 3 个单元，每个单元有 90 家，这是很大一群消费群体了，可以加上水洗、洗运动鞋……只要她愿意，不怕吃苦，服务到位，一定能行。发小呆呆地看着我，慢慢地，眼里升起希望的光芒，也有些湿润。她轻轻说："我本钱不够啊！""我可以借你，或者我以入股的形式加入，我也可以来帮你啊！"我忙应道。

"素洁干洗店"开张了。我们选择蓝色为底色的装饰，一排排蓝色衣袋整齐地挂着，配上精心挑选的一盆盆鲜花，洗衣店呈现一派欣欣向荣的景象。广告牌上的服务项目有干洗的常规品种、还有水洗衣物、运动鞋清洗，而且价格都比别家干洗店低一成。

发小开始变得精神抖擞，意气风发。我们将店墙刷白，买了五套圆形小桌椅，放上很多绿色植物盆栽，给花瓶插满鲜花，做成了一个休息区，小区的邻居不仅可以来洗衣物，还可以来这里聊天、喝饮品。干洗店的生意慢慢好了起来，希望的光芒荡漾在我们脸上。

我们友谊的小船扬帆起航了。

又盼又怕的体检

单位每年都要组织全体员工体检一次，体检的费用一次比一次高，检查项目也一次比一次多，一次比一次细致。

我既希望快些检查，又怕检查后身体哪里有问题，检查前总是担忧的心态让我自己都觉得有些可笑又无奈。所以，我总是把检查时间一再往后拖，一直拖到最后期限，才硬着头皮去检查了。

和同事约好起个大早，早早到了体检医院，已经有很多人排队了。护士把全部灯都打开了，整栋楼灯火通明。速度最慢的 B 超要先排队，要提前憋尿，所以我和同事各自接满一大杯的水，使劲地喝。遇到长时间没有见的同事，在这个间隙里三五成群亲热地攀谈。

渐渐地，天亮了，8 点半医生护士各就其位，冬天的早上有些清冽的冷。领了体检的各种表格，四处排队，相互热情地打着招呼："你做了些什么检查？没发现什么问题吧？血压高不高？"被问的人或爽快答"快检查完了，没什么问题"，或支支吾吾不愿说出自己的检查情况。

检查中，医生时不时告诉我一些存在的问题。我紧张地问医生严不严重。医生说："等拿到报告单，你去找专科医生看吧。"一颗小心脏忽地一下提到嗓子眼。

检查完已经 11 点多了，终于完成了一年一次的检查任务，我松了一口气，但是心里还是有些暗暗地担心，默默祈祷千万不要打电话喊我去复查啊！忐忑中过了十天左右，医院没有打电话来，开始暗自庆幸：没有大问题了！感谢老天的眷顾。显示报告上面有几项指标稍稍高点，但并无大碍，总算又安全地过了一年。

可是每年都会有几个不幸的同事被医院叫去重新检查，奇怪的是大多数是女同志。听到这样的消息，只能在心里祈祷但愿只是虚惊一场。可是还是传来消息：某某得了乳腺癌去省城肿瘤医院了，某某得了淋巴癌去北京了，某某得了甲状腺癌去上海了。

经济发展速度越快，工作压力越大，同事们既要工作上不让领导挑出毛病，不让同事小看自己，还要在日常生活中要照顾老小，要处理各种烦人的人事关系。生活的琐碎占有去了大家太多时间，以致疏忽了对自己的管理和爱护。

失去自身的健康，尽管在学习、工作上付出很多努力，到头来也没有意义，也就没有了一切，这个道理往往是最后时刻才真正悟出，可是已经晚了。所以，只有保重好自己才有能力去爱护家人，不给家人增添痛苦和负担，也才有光明美好的明天，才有所希望的一切。

别了，魂牵梦萦的人啊！

　　他现在状况怎么样了，到疼的地步了吗？听说癌症病人最后都疼得不得了。是谁在病床前陪他呢？请护工了吗？他的妻子对他好不好？他的妻子尽不尽心啊？这些念头一直回旋在她的大脑里，自她知道他得了肺癌就开始失眠了。那天接到他 35 年后打来的第一个电话（也是最后一个电话）开始，她就像热锅上的蚂蚁了。

　　当时她说想去医院看看他，他答："不用了，已经不是原来的模样了，看了你会难受。再说，我想留个美好的形象给你呀。"这个声音好像还在昨天，还在脑中徘徊。她心神不宁、恍恍惚惚，整天拿着手机一遍一遍地查到他在的城市火车有哪几个班次。他不让看就偷偷到他住院的医院看一眼总可以吧？他说过不想再见，那么自己贸然去见了他，他会不会不高兴？会不会加重他的病情？他妻子遇见怎么办？哦！还有当年死活不同意他们在一起的他的妈妈，要是遇见了怎么办？这些问题萦绕着她。

　　隔壁的领导在大声叫"张姐，过来一下！"，她都没有听见，还是对面的小李抬起头来说："张姐，领导叫你啦，你这几天有点不对劲，是不是有什么心事啊？"她才如梦初醒般赶紧站起来去了领导办公室。

　　"明天周末你跟我们去县上搞检查去，我们检查组人不够。"领导不容置疑地安排。明天她计划好要坐火车上省城去看他呀，她连忙答："明天我有事去不了。"领导眯着眼打量了她一下，说："那你叫小魏过来。"

　　从领导办公室出来，她轻轻嘘了一口气：明天还是应该坐火车去看他的，工作都推掉了的，就鼓起勇气去吧。做好决定之后，她变得轻松了，走路也轻快了好多。下班时间一到，她赶忙去超市，路上她想了想，他喜欢吃什么？病人不能吃生、冷、硬的东西。一想到他在世上的时间不长了，看一次少一次了，就更心痛了。她挑了些易消化的东西：奶粉、芝麻糊、藕粉……她要买好东西，一下火车直奔医院，否则一停顿，勇气没了，就去不了医院了！

下了火车，原来熟悉的街道就在眼前，那个有名的米线馆依然还在，只是重新漆过油漆，已经有历史感了；每次约定等他放学回家的那根电线杆，还在那里岿然不动。一直以来，她一听见孟庭苇的歌《冬季到台北来看雨》："别在异乡哭泣，冬季到台北来看雨，梦是唯一的行李，轻轻回来不吵醒往事……"她就喘不上气来，心里就流泪。

此刻，她到了他们朝夕相处过的城市，她魂牵梦绕的地方，可是他却躺在了医院的病床上，到了生命最后的日子。此刻，她泪眼婆娑。35年前，在那条街转角的地方，他用手绢包着5个卤好的鹌鹑蛋递给她，从百货大楼门前会合，她坐在他自行车后座去上晚自习，这些往事印在她心里，那么近，又那么远。

中午时分的医院很安静，病人和家属都在休息。她在走廊转了一圈，没有找到他的病房。慢慢地，她感觉小腿发软，心跳加速。突然她看见一个老太太有些熟悉，口罩上面的那双眼睛还是那么严厉。走近一看，果真是他的妈妈。当初这位母亲一次次逼迫他们分手，现在她应该也有80多岁了。看着她憔悴的神态，蹒跚的步履，想着一位母亲将要面对失去儿子，她不禁有些心酸起来。她跟着老太太走到病房门口，张望了半天，还是没有进去。她提着东西走到楼梯间，坐在楼梯上，刚刚在半开的门里，她已经看见他了，那熟悉的刻进她骨子里的身影坐在病床上，戴着一顶毛线帽，曾经炯炯有神的眼睛已经肿成了一条缝，脸色黑黄，应该是长期化疗、放疗的结果。他整个人显得那样衰老、茫然、暮气沉沉，就像一位临终的80岁老人。

她泪流满面、心如刀割。想起35年前，他们朝气蓬勃的高中时代，他在足球场上意气风发地奔跑，夕阳照在他身上那灿烂的余晖；在海边，他们的嬉戏打闹；他上大学时，到西安实习，给她带回来那套兵马俑……

她把那些食品悄悄放在护士站，请护士转交给他。她下楼，坐在医院大门口的长凳上静静地看着人来人往，直到夕阳西下。刚刚看到的这一眼已经刻骨铭心了。离开吧，心碎的地方、心碎的病房、心碎的人儿！魂牵梦萦的爱人啊！下一世再相见，一定永不分离。

过　年

　　一个孤单的人最怕的是什么？恐怕就是遇上节假日了，而节假日中最害怕的就是春节了。按照中国最传统的习俗，春节要回家和亲人在一起，有爱、有温暖，一大家人吃完那顿热火朝天的年夜饭，就标示着过了个圆满的好年！很不幸，我成了和这样气氛不沾边的孤单的过年人。

　　想起小时候过年，妈妈、爸爸、弟弟、妹妹还有我，那春节前辛苦而快乐的年前准备：我负责洗全家人的衣服、被罩、床单，晚上还要把洗好的被罩罩好。那时没有洗衣机，洗这些大件全靠用手搓。有时厂里停水，就要用桶或盆将这些大件提到后山下面的技工学校去洗。风吹得我站不住，吹得左手端着盆、右手提着桶的我几个趔趄后摔倒，桶和盆里的衣服滚一地，干净的衣物又沾满泥土，气得我坐在地上哭一会儿，又重新提回去洗一次。弟弟负责架起凳子，用新报纸把家里几间房子的房顶糊一遍，覆盖住去年发黄的旧报纸。爸爸请杀猪师傅来，拉出养了一年的肥猪，在猪悲惨的嚎叫中，将它宰杀，然后变成餐桌上的美味。妈妈再用石灰刷一遍墙。妹妹最悠闲，一个人坐在院子里玩玩具。

　　这一切打扫卫生的事情都要在大年三十晚上的前一天完成。大年三十晚上，全家人围坐在桌旁吃爸爸做的美食。然后全家人打扑克守岁，到了夜里12点整，妈妈开始发压岁钱，两角、五角。还有从头到脚的一套新衣服，我们站在床上高兴地试穿一遍衣服。妈妈喊"睡觉了"，我们还是舍不得脱下来，直到妈妈发火，我们才磨磨蹭蹭地脱下，叠好，放在枕头下。然后躺在床上盘算五角钱要买些什么，兴奋激动得一夜失眠。

　　想起女儿小时候，因为女儿的爸爸是北方人，过年必须回去奶奶家，也没有时间打扫卫生。又害怕买不到车票，提前很长时间就把班车票买好。一放假，我们就慌慌忙忙坐车赶路。那时候交通不方便，回趟奶奶家要坐一天一夜的客车。混浊的空气，让人喘不过气来。中途在马路边的小餐馆吃点小吃，灌满一大缸茶水，疲惫不堪地到了老人在的县城。老家的亲戚迎面一路小跑过来接住大包小包，久别重逢，大家甚是欢喜。

一进家门，桌子上、柜子上、窗台上都是过年的年货：酥肉、炸好的鱼、香肠、肉皮、各种饮料……大门上贴了新的对联，几大盘爆竹已经准备好，似乎要炸得人仰马翻。小姑子从早上就开始做饭了，明亮的大眼睛已经忙得满是倦意，漂亮的马尾来不及梳理，散披在肩上。奶奶颠着小脚忙里忙外，拿了几瓶饮料过来，说着北方话："累了，渴了吧？赶紧喝一口。"看着我们喝下饮料，她乐得嘴都合不拢。

后来，女儿去上了遥远的大学，再接着，只剩下我一个人了。一个人打扫卫生，一个人去买点自己喜欢吃的香肠、水果，一个人把家里门上的对联换下，买一个大大的"福"字贴在大门上，炖只老母鸡，汤锅里漂着的黄黄的鸡油，香味弥漫在空气中，我开始感受到了年的滋味。

倒是几天前，亲友打电话来说："你一个人过年多冷清啊！来我们家过吧！我们已经准备好了鸡、鱼、排骨、海鲜、烤鸭……"啊！听起来好丰盛啊！可是团圆的是他们一家人，我只是个外人。

这样好心的电话接了一个两个时，还感觉很开心，毕竟有人惦记是种幸福。接到第三个、第四个时，不觉悲从中来，凄凉的感觉从脚底传到头顶。

不一会儿，是单身姐妹们相互问候的电话打来了："你在哪里过年啊？一个人吗？""在自己家过啊！不是一个人过，还两个人过啊？"说完一起开心大笑，哈哈！好姐妹说："一个人也要好好过啊！明年我们提前约好旅游过年去！一个人多自由，没什么可怕的，老了找一家好的养老院，我们住在一起养老！"

窗外一切都是灰色的，灰灰的屋顶、灰灰的墙壁、灰灰的马路。苍茫的空气中，霓虹灯却孤单坚挺地闪烁着，守候着孤单的人们。中央电视台播放着热火朝天的春节联欢晚会。我把双脚搭在沙发上，斜躺着，面前的小桌子上放着自己爱吃的橙子、栗子、苹果、花生、水果糖、酸奶，丰盛得不是一点！

　　一个人的年也过得圆满、欢欣！

吃、吃、吃

在人的一生中，"吃什么"是大家想到次数最多的问题。早点吃什么，面条？鸡蛋？油条？米线？牛肉的？炸酱的？辣的？中午吃什么，小炒肉？鱼香肉丝？红烧牛肉？再配个什么汤？晚饭吃什么，粗粮？水果？酸奶？

我们每天要花那么多的时间、精力来完成这个选择，并且还要落实得心满意足。看似琐碎简单，可仔细想想，这件事在一生中对我们是何等重要！现在生活水平提高了，大家对于吃的要求也越来越高。吃进肚子里的满足感、吃到美味佳肴的幸福感支持着我们平稳生活、积极思考、认真学习，谈未来、讲理想。

记得小时候，猪肉凭票供应，每个月每人可以买一斤半猪肉，我们全家4口人，每月有6斤。爸爸把票领回来，交给妈妈。妈妈用铅笔轻轻地在票上编好号，按顺序用夹子夹好，锁在抽屉里。然后就天天盼着厂行政科广播通知：某某天几点开始卖肉，请大家排队购买。接近卖肉的那几天，全家人天天盘算着是炸酥肉好呢，还是做千张肉、小炒肉、粉蒸肉好，孩子们自是把口水咽了又咽。

行政科卖肉那天，天未亮就听见离家门口100多米的马路上有脚步声，但没有说话的声音。我迷糊了好久，后来才明白为什么只有脚步声，原来是大家对肉的想念和怕走慢了排队落在后面买不到肉，所以顾不上其他人，只是三步并两步地朝前奔。

天亮了，7点半，肉铺门板被取下，卖肉师傅在里面熟练而豪迈地把两把刀互相打磨着，发出哐哐的声响，然后大声嚷嚷："要哪里？"排在前面的人被挤得像波浪一样左右涌动，一边还拼命回答"要半斤猪坐墩""要

2 两后腿""要一只耳朵"。师傅麻利地一刀刀砍下来，用秤称好，问："谁要的坐墩？""谁要的猪耳朵？""谁要的后腿？"接到猪肉的人提着肉挤出人群，满脸通红，脸上洋溢着满足的微笑。

吃完饭，人们不舍得擦嘴，任由难得光亮的猪油糊在嘴上。大家抬出自家的小木凳，三五个一伙，土猪肉的香味弥漫着一条街。

爸爸总是留下一点肥瘦相间的肉，炸成酥肉，用篮子装好吊在厨房的高墙上，妈妈说怕老鼠偷吃，其实是怕我们偷吃。从酥肉吊在梁上那一刻开始，我们上课时、在学校大扫除时、在外面和小伙伴玩时，总有一件事放在心上，那就是厨房墙上那一篮让人垂涎欲滴的酥肉。

终于有一天，弟弟和我商量好，趁爸爸妈妈还没有下班，下课铃声一响我们就从小路狂奔回家，用小凳子架到大凳子上，我扶着凳子，弟弟爬上去偷酥肉下来，手掌上端着的那几枚酥肉在窗外旭日的光辉照耀下是那么香酥脆黄，芳香四溢。从那次以后，我再也没有吃过那么香脆的酥肉了。

有一天，爸爸做菜去拿酥肉，发现只剩一个空碗放在篮子里。在妈妈的审问下，我们老老实实承认了偷酥肉的过程，我和弟弟屁股上留下几道红印。但是酥肉的滋味早已掩盖了屁股的疼痛，美味的享受回味无穷。

没有肉的时候对美食的想象是鸡蛋炒饭、鸡蛋炒番茄、蒸鸡蛋。后来爸爸学会了做豆腐，然后就是各种炒豆腐、酱油辣子拌豆花。做豆腐是一场紧张的战斗，因为那时是柴火灶，爸爸一边翻弄着火塘里的柴火，一边瞄着煮豆浆的大锅，一个没留意，豆浆急速溢出锅，爸爸慌乱地赶紧撤火，不然豆浆全溢没了。妈妈埋怨爸爸，爸爸答："俗话说，尿急、水涨、娃娃摔下床，这都是急事。"意思是这三件事都是紧急事，谁能做到周全？

接着厂里广播通知，没有米供应了，改供应洋芋。于是有了好玩的景象：统一在星期天，每家2至3人推着手推车去厂部行政科拉洋芋。浩浩荡荡的队伍出现在马路上，有的人拉车技术不行，把车拉到沟里的，大家一边嘲笑他，一边帮忙捡洋芋。有捣蛋的人爬到别人家车里不下来，让拉车的人拉不动。人们推着满满一车洋芋，兴高采烈地往回走。到了做饭的时候，公共水管旁每家一盆洋芋，比赛谁刮洋芋皮快、谁家焖的洋芋又黄又香。先做好的人用一根筷子串好，拿出来给大家观赏、试吃，这个时候大家开心得嘴都合不拢。

当时那年代没有零食，但是难不倒嘴馋的我们：我们上山挖草根、摘各种野果、偷农民的玉米、葵花、蚕豆。挑一块豆腐乳放在手心里用火柴棍一点一点地送嘴里品；偷偷把米用火炒香放在兜里，上学路上小撮小撮地放嘴里；小伙伴家不知道从哪里买来的葡萄糖粉，一放学就央求她给一点，跟屁虫一样跟到她家，我俩关上门偷偷舀一小勺，把瓶子里的粉末摇平以防大人发现；邻居黄玲她妈腌咸菜的手艺出奇地好，我们放学跟到她家，几个小伙伴央求她给点腌酸菜吃，黄玲就拿她家大碗，抓满满一碗腌酸菜出来，再撒些辣椒面，拌好，大家抢着吃个底朝天。我现在都想不明白，为什么那时不会拉肚子。

后来有了冰棍，普通的2分钱一根，牛奶味的5分钱。为了得到冰棍钱，我放学回来就抢着做家务，妈妈心情好时会让我如愿以偿，心情不好时会说："一天只知道吃，你数学考了几分？"提起数学，我就像漏了气的气球。数学就是我的死穴，我再也不敢开口要冰棍钱了。没有要到冰棍钱的苦楚至今还萦绕在我每每看见冰棍的那一刻。

我刚工作时，嫌食堂菜不好吃，几个要好的单身汉每个星期凑钱到小馆子撮一顿。看着桌上的美味，朋友们嬉笑的脸，大家就这样开心地度过一个个孤单寂寞的日子。

失恋的时候，买个爱吃的卤猪舌头，用青椒炒好，配几瓶啤酒，细细品完的过程缩短了被折磨的时光。心情不好，约上闺密，找个美食餐馆，坐在靠窗的桌子，一边吃一边和闺密倾诉苦楚，闺密帮着剖析、开导，吃完了心情也豁然开朗了。

结婚大喜的日子，早早定好喜宴，在菜谱上挑好菜品，冲着一生一次的心愿，为了让大家吃好忘不了，对菜的选择是左挑右选，还要注重荤素搭配。客人品着美食，衷心祝福新人早生贵子、百年好合。

如今的吃不是问题了，问题变成是吃什么好？想吃什么？和什么人吃的问题了。吃的感受不是饱，而是由此带来的吃之外的快乐和价值：和爱人吃饭的甜、和闺密吃饭的开心、和父母吃饭的幸福、和儿女吃饭的天伦之乐……

不知不觉中，我在每天吃什么、怎么吃、和谁吃的过程中走了人生的一半。如今退休了，时间一下多起来，"吃"更成为我过日子的重心。每天做好三顿饭，舒服地把美食送进嘴，忙完了三餐，剩余的时间安心地学钢琴、读书、写字，或是跟朋友聚会。

有时总感觉还差点什么，哦，厨艺不是太高，需提高厨艺！让人生在完全属于自己的日子里，在美味加持下，活色生香、心旷神怡。于是报名到正经厨师学校学习，在锅勺之间、各种食材之间研究、品尝。我现在的理想就是让我周围的亲戚朋友都能尝到美味佳肴，见到我就想起我的拿手好菜，口水咽了又咽。

悄悄告诉你：我已经做到了！

拜　访

　　杨行长的家是不是在这里呢？张妍来到2单元3楼302门口，她从来没有来过行长家。张妍认为自己是一个小老百姓，无欲无求，只要把自己岗位上的工作干好，做到问心无愧就可以了。平时也不把精力放在接近领导方面，闲时就是看看自己喜欢的文学书籍，偶尔写写豆腐块文章，或者和好朋友聚在一起开怀谈笑。张妍自认为这是最好的生活方式。可是老公突然被调到市公司，家里的生活节奏被打乱了，张妍又要上班又要带女儿，根本忙不过来，能想出的办法就是张妍也调动到市公司，靠近老公。接下来，怎么找领导，怎么和领导说这个问题，张妍有些不知所措。

　　和几个闺密在一起说起这件事，她们一致表示惋惜：好姐妹要离开了，以后聚在一起就难了。可是转念一想客观情况，张妍觉得还是要调走的。于是姐妹们出主意说找领导不能两手空空地去，要带点东西去的。"带什么好呢？"姐妹们七嘴八舌："要过中秋了，带板栗？带核桃？带月饼？"晚上张妍打电话问老公，老公说："你现在提着东西去很俗气，以后感谢也来得及的。"张妍想想也是。

　　此刻，张妍站在领导家门口，这个时间点是张妍盘算了好久才盘算好的：来早了领导家在吃饭，搞得领导家吃饭不得安宁，吃完饭那个时间又担心领导去散步了。晚上9点多去最合适。怎么说这个问题？张妍最近几天一直在想，哪句话先说？哪句话后说？说实话，张妍没有单独接触过领导，怎么想都打怵，想着干脆到了领导家见了领导再说。张妍将耳朵贴上门，听了一会儿，里面没有动静。凭直觉应该就是这间了，原来听同事无意间说过。这时突然楼下有脚步声，张妍赶紧往楼上跑去，要是被同事看见多不好。

好在脚步声是去 2 楼的，张妍松了口气，赶紧跑回 3 楼，心想，不能再拖了，于是鼓起勇气敲门。

开门的是领导的爱人，她问："你找谁呀？""我找杨行长，阿姨。"张妍急忙答道。还好陈阿姨表情很亲切，一定程度上打消了张妍的许多顾虑。"你有什么事吗？他加班还没有回来，或者你坐下喝点水，他应该就要回来了。"阿姨说着将张妍让到沙发上。冒着热气的香香的茶水被放在张妍面前的茶几上。看阿姨那随和的笑容，张妍没忍住，说："我爱人调到市里了，我现在一个人要管女儿还要上班，有些忙，我想找行长申请调到市里工作，不知道可不可以？""哦，是这个事啊！那你坐会儿等他一下，或者我帮你转告他。"张妍不知道说什么好，只有站起身说："那阿姨，我还是先走了……不打扰你休息了。"说着张妍赶快站起身，速度很快，阿姨都没有反应过来，张妍拉开门就跑出来。

在张妍的印象中，见过一次阿姨。张妍对她的印象不错，阿姨的言行举止是那么温婉、得体。漂亮的圆脸，高高的鼻子，难得的是理性、谦逊。没有得势领导家属的那种骄傲和嚣张，给张妍一种很温暖的感觉，这次真正地感受到了。张妍一路走着，暗自庆幸还好领导不在家，她又把要求讲述了，领导自会考虑。如果领导在，会怎么应答，会不会说错话还不知道。想到这里，张妍就用右手轻轻拍着胸口说："吉人自有天相啊！"

这件艰难的事情终于完成了，能不能调动成功，那由不得自己了，张妍心头好像放下了的一块大石头。那之后偶尔遇见两次行长，也都没有什么情况发生。一次是从卫生间出来行长刚好进去，差点撞上，吓得张妍头皮一紧。行长抬头看见是张妍，微笑着点了点头，就这么过去了，张妍都没来得及喊一声"行长"。第二次是部门科长有事情在外面，打电话回来叫张妍送一份文件给行长，说行长急等着要。张妍请坐在旁边工位上的同事去，同事忙不停地摇头甩手："你怕我更怕，给你一个接触领导的机会你还不赶快去，这个好机会让给你了。"没办法，张妍只好到科长桌上拿着文件上楼，找到行长办公室，门大开着，里面坐着七八个人，张妍拘谨地走到行长桌前："领导，这是我们科长让我送给你的。"正在和别人讲话的杨行长转过头来说："你放下吧！"张妍这次多看了一下行长的表情，嗯！很和气！文件放下后，张妍转身赶快走出来。

　　时间不知不觉地过去一个月了，闺密问有没有消息了，张妍一下沉重起来，杨行长是不是太忙了，没有时间顾得上她？还是根本没有希望，因为想调到市里的人太多了，排队轮流可能也要一段时间的吧！要不要再去问问？会不会催急了惹的领导烦？唉！真是难啊！

　　又过了几天，正在上班的张妍接到行长的电话："小张，你到我办公室来一下。"张妍心开始突突地跳，赶快放下手上的事坐电梯来到行长办公室门口，站在门外深呼吸了一下，做了下微笑的表情、提足气走进行长办公室。行长头没抬，说："坐，坐。"张妍顺势坐在离行长较近的沙发上，行长绕过办公桌在另一个沙发上坐下了，顺手给张妍倒了杯茶水，一边说："小张，你那天上我家找我，我刚好有事没有在家，但是你的要求你阿姨已经告诉我了，只是最近年底太忙了没顾上盯你这件事。之前我跟人事经理说了，今天人事部经理给我说你这件事就快解决了，因为你情况比较特殊，所以很多在你之前就上交请调报告的人都往后排了。"张妍听杨行长这么说感动得忙说："领导，太感谢你了，解决了我们家的实际困难，我们一家人都要感谢你！"杨行长微微黑瘦的脸此刻闪耀着光辉，让张妍感激万分。"你今晚来我们家一趟，你阿姨要送你件东西。"行长接着说。"不用了，不用了，领导，阿姨心意我领了。""一定要来，你阿姨交代我的，你不来，你阿姨会惩罚我的。那现在说好了，你上班去吧！"

　　天啊！张妍想，自己一个无名小卒，居然受这样的恩情！

　　下了班，张妍带女儿匆匆在街上吃了碗面条，把女儿送到闺密家，在街上买了两斤葡萄，准备再次去行长家。这次张妍就没有那么害怕了，闺密说："领导也是人，也是两只眼睛、一张嘴，也要吃饭、上厕所，你怕领导，领导还以为你有什么问题呢。"张妍第一次去经理家，闺密开导她时，也说同样的话。

　　张妍敲开门，行长和阿姨都在家，刚吃完饭坐在沙发上看电视，又好像是专门在等张妍，张妍一脸不好意思道："行长、阿姨，又来打扰你们了，说着把葡萄放在茶几上。阿姨说："人来就行了，还带什么东西呢。"行长也说："你这么做要不得。"张妍坐在沙发上，感觉行长家气氛好温馨：

电视机上铺着丝织的绢布，电视机旁还有一束百合花，香气扑鼻，我们小时候坐过的小木椅子很亲切地在门边放着。

"小张，你的具体情况我们都清楚，尽管你一个人，既带女儿又上班，你也没有耽误过工作，你调到市分行以后要好好工作，我们相信你的能力和人品的。"听到行长的话，张妍感激涕零，急忙说了一些感谢的话。阿姨也在一旁附和，让张妍好好工作。此时，张妍有了一种叫幸福的感觉。

出门的时候，杨行长和阿姨一定要让张妍把拿来的礼品带走，张妍快速地拉开门就跑，阿姨提着东西在后面追，张妍只好接着阿姨递过来的东西。

张妍刚才一身的毛毛汗这下被微风一吹，好凉爽！抬头看，月亮更圆了。

报　到

　　包里装着调令的张晓从班车上下来。这个汽车总站是她出发了无数次、到站了无数次的地方。一切甚好，风轻云淡、阳光明媚，就连周围上下车拥挤嘈杂的人流都是那么可爱、可亲。

　　张晓环顾四周，卖车票的、安检的、卖饮料的，都是原来经常看见的那一群人，可是今天看起来好像如第一次看见一样那么清新、自然。嗯！这一切都将是自己生活的一部分了！

　　包里的调令像一团热乎乎的火球，这份激动欣喜是张晓盼望已久的时刻。现在是下午上班时间，张晓算算时间，如果步行走到新单位应该会迟到，第一天就迟到给领导留下的印象不好，于是决定打车。出租车左冲右突，车窗外柳絮纷飞，人头攒动。

　　市公司人事科在办公大楼的8楼，张晓第一次到市公司新大楼，进了电梯，只有她一个人，紧张的心情有些平复。走廊上遇见的人穿着制服，女同事发髻高高盘起，男同事西装革履，他们看起来都严肃专注。张晓像看风景一样对比着自己原先县公司的人的精神风貌，感叹上级公司就是不一样啊！

　　张晓到了人事科，门开着，张晓轻轻敲了下门。"请进。"里面传出一个女声。人事科经理是个女的，姓邹。此时邹科长正埋头在看桌子上的一份文件，听到张晓的敲门声，她抬起头来："来了，小张、坐、坐。"似乎邹科长就知道此刻张晓会来。邹科长边说边站起身把张晓引到沙发上坐下，然后自己坐在旁边，她注视着张晓说："接到行长的通知，因为时间紧，我们很快地讨论了一下，你先去新成立的荣成网点吧，那里绩效要好些，你的会计业务已干了 10 多年，上手会很快，我马上打电话让网点主任过来接你。"科长说完立即走到电话跟前，拿起电话："赵主任吗？恭喜你了，你不是一直喊你们那里缺人吗？现在赶紧过来，给你们一个业务骨干。"

原来一直私下听闻，人事科的邹科长是个女强人。从张晓进门来，她表现得很真诚、很友好，说话严谨，分寸感十足！张晓悄悄绷着的那根神经渐渐松了下来：上级领导没有架子！

科长放下电话几分钟后，主任就来了。赵主任健康的小麦肤色，眼睛不大，笑眯眯的，这让张晓心里踏实了不少。

从市局到网点大概开了 20 多分钟，赵主任慢悠悠地问坐在副驾驶座位上的张晓："你的父母在本市吗？我听说你是因为要照顾父母才调过来的。""是的，我父母年纪大了，身边没有子女。我妈身体不好经常住院。""是的，父母年纪大了是应该有个子女在身边。"赵主任过了几分钟又说："我们这个网点成立时间不长，有 14 个人，大家在一起比较团结，气氛还是比较好的，因为是才成立的点，大家业务能力参差不齐。你是个老会计了，人事科介绍你的业务能力也很强，你来了好好发挥你的作用。"张晓从领导的话语中感受到自己像掉进一片温暖的海洋，不禁在心里感叹：领导给下属的感觉很随和温暖，以后要好好工作，决不辜负领导的期望。

不知不觉已经到了新单位，跟赵主任进办公室时，张晓还有些羞涩。办公室里的新同事都仰起脸给了张晓一个笑脸，顿时打消了埋在张晓心里的陌生感。坐在分配给自己的办公桌前，同事们忙着手里的事情，组长拿来一本账本："你先熟悉一下账目，再分岗位给你，有不知道的问我。""好的。"张晓接过账本，悄悄观察同事们都在忙些什么，从他们的对话中已知道各自大概的岗位了。快下班时，赵主任进来了，说："大家今天不要走，等下一起去吃饭，今天我请客，欢迎新同事，为新同事接风。""好啊，我点黄焖鹅。""我点辣子鸡。""我点酸汤猪脚。""猪脚有什么好吃的？"在一片点菜声中，张晓体会了温暖、团结，领导和员工打成一片的好集体。张晓暗自庆幸：多好的运气遇上这样的领导和同事。

不以善小而不为

冥冥之中总有一个感觉：自己其实是家庭主妇的料，却阴差阳错成了一名职业女性。因为每次一到菜市场，我那种按捺不住的开心激动，无法形容。我今天到了菜市场，买了可口的水果、蔬菜，满心欢喜地上了公交车。

车上还有点拥挤，人们或站或坐，安静地等待着公交车开动。我在车尾能容身的地方站好，左手提好袋子，右手抓牢扶手站稳。车开始缓缓移动，突然听见驾驶员用吼的声音说道："卡没有刷成功！"声音很大，全车人都能听见，纷纷转回头去看发生了什么事。

原来是一位看上去有70多岁的老妇人，抖抖瑟瑟地在一遍一遍地刷公交卡，刷卡机仍然没有反应。她身旁的一个男的凑过去看了看，说："卡上没有钱了。"一时，车内都安静了下来。过会儿，这位老妇人对司机说："师傅，我没有带钱，也不知道卡上没有钱了。"司机没有接话，干脆把车停了下来。老妇人接着说："或者，师傅你开车门，让我下车吧。""下什么车？你以为这是私家车吗？私家车也不可能想停就停，没有钱你坐什么车？"司机骂骂咧咧地说道。气氛很尴尬，车上没有了声音。老人着急、自责地扶着把手说："那师傅我下站下车可以吗？""以后没钱就不要坐车了，省得影响大家的心情！"司机仍然不依不饶。我实在是忍受不了了，双手拨开人群，走到老人面前，拿出两元钱递给她，说："阿姨，你把钱投进收钱箱吧。"老人感激地说："谢谢！谢谢！"我走回车尾我之前站的地方。这段路不长，几秒钟我就走到了；大家赞许的目光目送我，又让我感觉这一路好长。

我一直很是纳闷。为什么举手之劳的一件事，而且对别人是解燃眉之急的事,人人都可以做到,却不愿伸手相助呢? 那司机看起来大概40岁左右,却像是遭受了几辈子的不如意, 自己无法调整心态, 就把怨气随意发泄到他人身上。

从什么时候开始,我们所处的环境变得那样陌生和冷漠。曾经我们学到的理论是经济基础决定上层建筑。现在经济发展良好,而上层建筑却没有共同进步。记得小时候,学雷锋。做好事是发自内心的,院子里的邻居嘘寒问暖是真心的、没有杂念的,路上搀扶老人、孕妇,被搀扶的人和搀扶的人都是心地坦荡的。

人们什么时候能沉下心来,自己做一些检讨。活着不能一味地为了满足自己的欲望,应当也追求作为人所需要的精神享受。人对物质的欲望是无限的,如果一味地追求欲望和享受,那比动物高级在哪里呢?

经　过

以前对人老了的概念是指年岁已到耄耋之年，思想开始糊涂，行动不能自由之时。其实是从感觉身不由己、行动赶不上思想的时候就已经老了！

某一天，吃了曾经最喜欢的板栗却不能消化了，想起小时候因为买不到，中秋节好不容易吃到板栗就使劲儿吃，妈妈说他们小时候的某某邻居，因为吃多了板栗，第二天没有醒过来——被撑死了，吓得小时候的妈妈不敢多吃板栗了，但还是悄悄地偷吃。可是现在放开了吃却不能吃了；某一天开始，走进卧室却不知道要干什么，折回客厅站一会儿，才想起要去卧室拿充电器；某一天坐在沙发上要去厨房看火上煮的排骨，站起来却左膝盖刺痛、右脚成了慢动作，上身已经前倾，曾经看见过妈妈这个样子，那时还暗自乱想：妈妈才50多岁，是故意装给我看吧！

后来经历了母亲从美丽自尊、自强的骨干教师退化到老年痴呆，小脑萎缩，不认识所有人到全身器官逐渐衰竭；同事的妈妈走失，在50公里以外的农村小路上发现已去世多日；大伯从精明威武的男子汉到现在的执拗迂腐的老头，常常让我这个感性思维的大脑迷惑不堪，也为生命的历程走向而感到悲哀痛惜。

这几天闺密被她的婆婆搞得头晕眼花。那天闺密正在上课。一般情况她都要在上课前把手机关了，那天刚好忘记关机。下午3点40分，她正在给高三的学生课文讲解。同学们聚精会神听课的样子，让闺密比平时发挥得更加神采飞扬。正在兴头上时，放在旁边提包里的手机响了，拿出来一看，是婆婆打来的，她只能把手机挂掉继续上课。可是手机固执地再次响起，同学们静静地等着她，没办法她只能拿起电话到走廊上，电话里传来婆婆的声音："你赶紧回来，给你 10 分钟，晚一分钟你们就见不到我了。"闺密还没来得及问，电话已经挂断了，再打过去已经关机了。老公到外地出差还没回来，急得闺密慌忙跑去办公室找相处较好的陈老师来帮忙偷偷抵一下课。

跑出学校大门打上车已经过去 10 分钟，如果晚一分钟婆婆出生命危险，这个责任怎么承担得起？闺密一路心急如焚，不断地催司机"快点！快点！"

到了婆婆家小区门口，姐夫也刚刚到，姐夫是军区里的团长，也是开车刚到。两人一见面，惊诧和狐疑让他们都慌张得来不及打个招呼，前后一起往婆婆家跑去。

婆婆家大门洞开，闺密吓得直哆嗦：是不是邻居打了 120 把婆婆送医院去了，所以没有关门？待冲进去一看，婆婆端坐在沙发上，一脸严肃，眼看着暴风雨就要来临。

"妈妈，你那么急地把我们喊回来什么事？"闺密迫不及待地问。姐夫气喘吁吁地站在岳母面前，脸上似乎是平静的，但是那种深邃的克制还是看得出来。

婆婆拉着的脸突然大声正色道："我放在厨房柜子上的芝麻糊，你们谁给我偷了？老实交代我就不跟你们计较。"天啊！他们两个立刻目瞪口呆地相互看看。婆婆着急忙慌地让他们放下工作，就是问那袋芝麻糊的去向啊！

"我们怎么会拿你的芝麻糊呢？我明天给你买了送过来！"姐夫哭笑不得地说。"是啊！我们没有拿，明天我也买两袋送来给你嘛！"闺密急忙跟上说。

"不要你们买的，我就要我自己的那一袋。"婆婆斩钉截铁地回答。"完了，只有赶紧帮她找吧！"闺密小声对姐夫说。于是他们分头行动开始东翻西找。找了一会儿，还是没有找到，俩人回到客厅央求婆婆："妈妈，我们都在上着班，请了一小会儿假，要赶快回单位，我们明天买来给你吧！""不行，不拿出来不准走！"婆婆说完，端正地坐在沙发上。

他们不约而同地又开始找第二遍。眼看要到下班时间了仍然没有找到。他们又再次回到婆婆面前央求："我们不回单位领导要批评了，要扣工资了，让我们回单位吧，妈妈！""要走也可以，你们给我写保证书，保证你们没有拿。"他们面面相觑。

静静地僵持了一会儿，走不了也找不到那袋芝麻糊。怎么办呢？两个成年人啊，在社会上有头有脸的两个人此刻陷入了困境。无奈闺密只好投降，找了纸和笔写好保证书拿给婆婆求饶说："妈妈，我发誓我保证没有拿你的芝麻糊！"婆婆转过头来，接过保证书念了一遍，脸上的神情缓和过来："这还差不多！"看婆婆满意地笑了，闺密赶紧给姐夫使个眼色，姐夫也依葫芦画瓢地照样做了。这一切做完，得到婆婆的首肯，俩人逃也似的出了大门，默契地叹口气，各自快速逃回单位。

闺密给我们学了一遍，大家笑弯了腰。可是笑声一停都为此感到悲哀。闺密的婆婆是老大学生，年轻时候是单位领导，即便多年前是何等的风云人物，但是这一切都抵挡不住岁月的炼狱。

一个无比伤感的结局、一个谁也逃不过的恐惧。闺密们惊恐地相互询问："我们老了不会也这样吧？到时候我们相约一起到养老院彼此照应，不要给子女添麻烦！千万不要像闺密的婆婆，我们要做自醒、自纠的和蔼老人，顺从儿女的管理，绝不给儿女添麻烦。

唉！如果到时候自己还是个明白人就好了！

离开读书写作的日子

因为家事，无可奈何放下了心爱的笔和电脑，此后的生活在筹备开餐馆的忙碌中度过。不用每天更文，不用慌张地思索：今天要写什么内容？写下来会不会太无味、太粗糙，让看的人太失望，甚至浪费别人的时间？没有了这些压力和担忧，似乎还能感受到一丝轻松。

一晃20多天过去了，在各种具体的事务中奔波、犹豫、失望、再希望。循环往复中好像连天气都忽冷忽热，不知所措。渐渐地，我开始在不安中度过一天又一天。餐馆开起来了，各种前所未遇的矛盾迎面扑来。精疲力竭中，心绪好像沉入湖底，表面风平浪静，实际波涛汹涌。哪里出了问题？是被心心念念的餐馆的经营所折磨？好像也不是。也明白万事开头难，万事尽力就好，不可强求。

直到有一天，我打开朋友圈，熟悉的文友发了一句话："事务倥偬，也要记得自己的方向！"让我醍醐灌顶！原来是离开读书写作已经很久了，这一段时间的自己，就像迷途的羔羊，失去了前行的方向。此刻，阳光突然直射，驱散了头顶的阴霾。是的，人活着必须有一个恒定地支撑、滋养自己，让自己幸福、宁静的方式。这些方式也许是跳好每一场舞，也许是做好每顿饭，也许是练一会儿瑜伽，也许是护理好每一位病人，也许是办理好每一笔业务，找到合适的支撑自己的方式并坚持所爱，才是灵魂的归处。

拿起读了一半的书：莫言的《与大师约会》，打开电脑。一时间心绪平静下来：他人的脸色、得与失，成与败，统统不存在！在大师莫言平实、闪亮的句子中体会着在磨难中人们对真、善、美的歌颂和坚守。希望又再次冲破层层阻挠，向眼前走来。正是那句话："我们不仅要低头走路，还要仰望星空。"闪耀的星空中，总有一颗星星是指引我们前行的明灯。

　　不必勉强，不必等，端好手中心爱的书，用键盘输出积郁的情绪，喝一口浓香的咖啡，看看窗外寂静中摇曳的树影，人生还有什么比此刻更惬意的呢？

温暖的早晨

    又到了周一，天微微发亮，张晓听见厨房里有锅碗碰撞的声响，抬手看了看表，才早上 6 点多，父亲又是天还未亮就起来给张晓准备早点，好让张晓赶最早一班车到距家 30 公里的县城上班。

    张晓起来后，还没有洗漱完，父亲已经做好早点了，轻声说："赶快来吃面条了，不然要赶不上车了。"初秋已经有些冷了，张晓看见父亲为了给自己做早点来不及穿外衣，身上只穿着单薄的汗衫、秋裤，张晓心疼地伸手搂住父亲的肩膀，把父亲推回卧室房间，说："小心感冒啊，爸爸，赶紧再睡会儿。"

    头天晚上，老公已经坐班车走了，接近年终，他工作很忙，难得回来到岳父母家一趟看看女儿。但他每次回来都疲惫不堪，待不了多久又得赶回去，没完没了地下乡，张晓对他也不抱多大希望，只希望他抽空能帮忙管女儿，女儿从出生就放在妈妈爸爸家，由他们帮着照管。

    女儿和母亲睡大卧室，此刻，他们还在熟睡中，张晓悄悄推开门看了看，又悄悄关上门。一切做完已经 6 点半了，她赶快下楼赶车去了。还看不清人影的路上都是早读的小学生，背着大书包在前面蹦蹦跳跳地走着。路边电线杆上的路灯还没有熄，夜的气息还未消失，清新的早晨给张晓增添了向前的动力。

    班车上人不多，还好离开车时间还有 10 分钟。张晓找到自己的座位坐下，不一会儿，就感觉睡意蒙眬，靠在车窗边就睡着了。睡梦中，她看见自己牵着女儿在广场上散步，一些洁白的鸽子在脚边拣食，母亲和父亲坐在一旁看着，脸上荡漾着笑意。这幅温暖的画面成了张晓心底最温馨的留念。

30公里的路程很快就到了。小县城里人少，大家都认识，一路互相打着招呼："回来上班了？很早啊！""是啊。"地方小，就这点最好，人和人之间距离近，一出家门就都是朋友，有什么事一下就能通知完，很快就可以把志同道合的朋友集结起来。

规定星期一全公司人员开会，张晓赶快回到宿舍放下包，下到一楼会议室。里面人已坐满，经理端着茶杯最后一个走进来，会议室的气氛立刻严肃起来。开会时大部分是领导在读文件，读到最后一个关键性的文件时，说："今年公司上市，大家准备苦战，首先全国数据联网，所以从今天开始加班，这是业务上的要求。人事上的要求是要实行竞聘上岗制度，具体步骤和要求人力资源部会做部署安排。"

就这个严肃的气氛，大家都已经熟悉得麻木了。但是今天还是有些特殊，经理的话意味着一场战斗要开始了。所有人的表情立刻严肃起来，都睁大眼睛，竖直耳朵等着政策公布，就像提线木偶，提线的人被按了暂停键，毕竟这是关乎工作岗位、工资待遇的事情。

一场工作之战开始了。心爱的工作岗位是自己面对生活、面对自己、面对未来的保障。妈妈爸爸温暖的支持，是张晓面对一切的底气。

图 书 馆

　　40年前，我就厮混于省图书馆，灰色的墙砖、灰色的大理石地板、宽敞的大厅，图书馆静静地卧在翠湖边上，也静静地卧在我的心上。那是千军万马过独木桥的时代。贪玩的我们还是被图书馆特有的纯净、庄严、肃穆深深地吸引。

　　那时和初恋相约，要一起考到上海他的老家去。于是，我俩以学习的名义整日冠冕堂皇地厮守在图书馆，却是一半心思在读书，另一半心思用在眉来眼去。高考这个命题像孙悟空头上的金箍，一会儿紧，一会儿松。

　　好快啊！已经退休了，一晃眼近40年就过去了，到了一个月不染一次头发就不好意思见人的年纪。结束了每天接送女儿、小跑着进办公室、按时操持三顿饭的时光。上天安排的任务完成了，连带那默默消受的忙碌、辛酸和孤独。

　　庸常的人生随风飘去！接下来年过半百的人生是自己的了。

　　站立在依然如故的省图书馆门口，前尘往事恍恍惚惚迎面而来：仿佛看见自己在冷风中睁大期盼的双眼，痴痴地望着他的来路。不一会儿，他右手提着一个大包——那是他头天晚上帮她带回家偷偷洗好的衣服，左手握着自行车车把，双脚狠劲儿蹬着那绿皮坐垫的自行车迎风而来。停好自行车，他左手扶住那棵槐树……现在他的身姿仍然伫立在她的眼前，但已经变得郁郁葱葱。此刻浓郁的绿叶像一把大伞笼罩着树下乘凉的两位大妈，70多岁的她俩穿着鲜艳的连衣裙，悠闲地坐在石凳上大声交谈。水杯和随身的布袋放在身边，一只小狗卧在地上不远处。

　　进了图书馆大门，就是高高的44级台阶。这样高的台阶仿佛在说：知识就是一级一级台阶，一步一个脚印踏踏实实、默默攀登才能获得的。这样的气势不由得让人顿生敬意。

上完台阶，大门右边是可以看书也可以喝咖啡饮料的小吧，正对着大门的是宽阔的展台。紧接着右手边、左手边各有一间宽敞如篮球场般大小的自习大厅，大课桌一排排整齐地排列着，每张桌子配有 4 把椅子。墙上挂着裱好的画框：礼、义、廉、耻、忠、信、孝、悌，还有著名艺术家、科学家的名言警句。对称的两个柱子上有大大的两个"静"字，显示着图书馆的要求：和谐、安静。街上的车水马龙、人声鼎沸仿佛自觉、自愿地退隐到另一个世界。

埋头学习的大多是年轻的少男少女，悄悄观察了一下，发现他们看的书是准备考公务员、研究生和各级职称的书。他们的表情严肃、专心，双眼盯着书本和电脑，眼里透着专注和心无旁骛。偶尔给水杯加水、上卫生间，也都在悄无声息中完成。如此勃勃生机、如饥似渴求学的景象，就像即将成熟的稻田里那一株株沉重的谷穗。

悄悄环顾，发现还有一个空位，轻轻走过去、拉开椅子，对面的女孩礼貌地抬头微笑了一下，顺手将桌上她的书本、笔记归整了一下，尽量给我留出宽敞的桌面。

那时大学尚未扩招，大学生如天之骄子。大家都没有任何复习辅导资料和可以参加的辅导机构，全凭上课听老师讲课，下课自己复习。课外占图书馆的座位成了主要任务。大家约好互相帮忙占座，有自行车的同学骑上车先走、没有自行车的同学气喘吁吁地赶到图书馆，抢占到座位的同学高兴得合不拢嘴。图书馆晚上 9 点关门，正在长身体的我们肚子饿了，带头的男生一声吆喝："走，吃烧饵块去了。"骑自行车的男生带上女生一路狂奔几公里去西郊客运站，那里有晚上出来摆摊卖烧饵块的商贩。尽管都冷得直擦清鼻涕，但仍靠在铁栏杆上吃又烫又辣的烧饵块，那样子无比享受、无比快乐。

40 年后，我又重新坐在这陌生又熟悉的大桌子前，突然有些百感交集，那时，自己也如坐在对面的小女孩一样，有着浓密的黑发、白皙的脸庞、红润的嘴唇、窈窕的身材、纯真的充满光芒的眼睛。当年最爱坐的第三排靠窗的座位上，现在坐着两个女学生。嗯，就是那张桌子，40年前我的那个既可以用来暖手又可以用来喝水的玻璃瓶掉在那张桌子下，摔碎了，惊心动魄的破碎声似乎还在耳边回响。

这时中午吃饭时候到了。家庭条件不是太好的同学把带来的饭盒拿到走道下面通向地下室的楼梯上坐着，轻轻地背对着人快速地把饭吃了。有的同学互相瞄一眼，几个人心领神会，悄悄起身到图书馆外面各类小店吃饭去了。

一下走了一大半人，墙角还放着一排正在充电的电脑、手机。桌上放着还未关机的电脑、书本、水杯、书包，它们被那么自然、随意地放置在那里，就像无主的物件一样。恍惚间感觉这里像是世外桃源，没人担心物品丢失、也不担心水杯敞放着不安全。

我也自己带了午饭：一个苹果、三片酥饼、一杯酸奶。我拿着午饭到走廊，那里有一排靠椅，我找了张椅子坐下来。这时，我注意到，有一个如我一样奶奶级别的女人也坐在走廊的椅子上。她头发有些花白，表情看起来很快乐，穿着短款黑西装、白色的长裤，显出与年龄不太相符的精干。只见她端着一个保温饭盒在吃饭，座位上还有一瓶腐乳。我想，未经岁月之前她肯定是大美女一枚！我对她有些好奇，想了解一下她，我装着要接开水，挪到了她座位旁边问道："我看你学习好认真，你还要考什么吗？"她抬起头看着我，愣了一秒钟，道："不考什么，只是来看看闲书。"

"你退休了吗？"我问道。

"我刚退休，你呢？"她回答我的时候看我的眼神有些奇怪。

"我也刚退休，闲着没事一个人转到这里就进来看看，还和40年前差不多。"

"40年前你也来过啊？那你后来考取哪里了？"她突然开心地问我。

"我1985级考取财贸学校，你考取哪里呢？"

"我考取的是师范啊！我说怎么就觉得你好脸熟！1984年到1985年我都在这里啊。我想起来了，你是不是和一个穿深咖啡色西装的男生是一对？那个男生看起来家境很好，那时候穿西装的学生很少见，引得大家都很关注。你们来了就特爱坐在右边靠窗的座位上。"说到这里，她已经激动得脸色红润，双眼看着我，巴巴地等我回答。

我百感交集，想起失去的岁月、丢了的他，内心波澜起伏，说道："是的呀，时间真快，现在已物是人非了。"

"往事如烟啊。40年都过去了，我们都变成老人了。"她也感叹道。

"我记性太差了，一点印象都没有了，您记性多好啊！"我感动地说。

"哪里！是那时候，你们两小无猜的样子太显眼了！我们经常看见他风尘仆仆地来，站住后的第一个动作就是从书包里拿出鹌鹑蛋、鸡腿、大白兔奶糖给你，这些东西那时候我们想都不敢想的，我相信那时候看见的人都像我一样羡慕得不行啊！"

我也陷入了酸甜苦辣中，说："唉，可是还是输给了现实，说说你呀！"

"好可惜啊！你们没成啊！我的经历很简单的！"

原来她的家在离省城200多公里的小县城，她在老家高考没有考上，父母要她等待县纺织厂招工。一次，她妈妈安排她到昆明来送生活费给正在读大学的姐姐。周末她跟姐姐来了趟图书馆，从此爱上了这里。想着回老家就要等招工，想象着一辈子戴着白帽子在轰鸣的机器声中度过，实在是不甘心，就和姐姐商量，再给自己一次高考的机会，再拼一次。于是，她就每天来图书馆自己复习。晚上到姐姐的宿舍挤，后来姐姐的宿舍不能挤了，就到一个来昆明打工的小姐妹工厂去凑合。她们工作是三班倒，可以悄悄在她们宿舍借住。

沉默了一会儿，她说："那时，我跟你们相比，好可怜啊！看你一天吃好的，有人关心，羡慕得要命。好在后来功夫不负有心人，我考取了师范学院，否则就去我们县纺织厂上班去了。纺织厂十几年前就倒闭了，简直不敢想象如果那样，我的命运会是什么样子。"

她继续说："啊！图书馆，这里是改变我们的命运、给我们创造未来的地方！因为有图书馆，我们的人生才有精彩起步的开始。年前，我退休了，女儿也还没有宝宝需要我带，我就上这里来，坐在这里好像又回到几十年前，还是令人感到那样亲切、踏实、慰藉。"

是啊！这里又何尝不是改变我命运的地方。除了家和学校，图书馆成了我第二个家。家里的吵闹声、妈妈恨铁不成钢的责骂声，无时无刻不在折磨着快要高考的我。正因为有这片净土，给有梦想的我，安心努力地打磨人生坚实的第一步。有时远远看见省图书馆特有的高高的房顶，心里立刻就宁静下来。

这时，一个和我们岁数差不多的男人手里拿着顶黑色的帽子，悠闲自在地进来了。我悄悄对她说："他肯定也和我们一样来怀旧的。"

我话未说完，她已经向他招手了："这位帅哥师傅吃饭了吗？"

老头被她喊这一声，停住脚步狐疑地看着我们两秒钟，我也友好地对他笑笑，他走了过来说："你们还在刻苦学习做什么？你们应该是甩着纱巾、戴着墨镜四处拍照才对嘛！我是老了，无处可去了，到这里来混时间。"

这位姐姐快人快语地说："我们不喜欢那种方式，来这里总比数着日子等死好啊！"

我礼貌地问他："你贵姓？喜欢看什么书啊？"

"我免贵姓张，可能比你们大点儿，你们喊我老张就行了，现在老了，喜欢看人物传记。"说着也和我们坐在椅子上。他眼睛不大但是透着机灵，有种智慧带点幽默的喜感。

大姐接着问："你年轻时候来过这里吗？我们都是来怀旧的。"

一阵穿堂风吹过来，把老张稀疏的头发吹得起起落落。接着张大哥说："我40年前就在这里混了，1982年考取科技大学，毕业后分配在省政府。"

"哇，你太厉害了嘛。"我们俩不约而同地惊呼，随即赶紧压低声音，怕影响了里面的孩子们看书学习。

"唉！英雄落幕，不问出处了。"张大哥抖了抖裤腿，低头若有所思地说道。

大姐笑道："多年前你就在省政府工作，又是高学历，那你一定是走了仕途，有所成？失敬，失敬！"

"唉！莫提了，我才工作了两年，年轻不懂事自视甚高，自认为怀才不遇，就辞职出来做生意，来到社会上才知道一身书生气，根本不适合在江湖上混，可是已经来不及了。这些年做了好几个行业都不行。现在就是静静地拿养老钱，少挣点，饿不死就行了。"

姐姐又好奇地追问："那你家孩子呢？"

这位大哥爽朗地笑了："你要查户口？"然后声音小了下来："后来生意做不好，娃娃他妈就烦了，跟我离完婚带儿子走了。现在儿子在国外，一般情况不回来。剩下我一个孤老头，我也不喜欢打麻将、遛鸟。有一天逛到这里突然看见图书馆，一下想起小时候高考那几年几乎每个周末、晚上都在这里学习，倍感亲切！那时候苦是苦，但是有目标，很充实。"说完，他不出声了，低头沉思着，看得出来他陷入了回忆里。

从那天开始，我们仨每天默契地按时来图书馆坐在一起看书。我们成了图书馆里一道特殊的风景：1 位爷爷、2 位奶奶。我们经历了人生的风风雨雨、起起伏伏，现在，我们可以在这里端庄、平静、专注地读书。中午，我们把带来的饭拿到图书馆门前的花园里，一边聊天一边吃饭喝茶。相同的过往，不一样的经历，谈话内容海阔天空、回味无穷。时间差不多了又继续进入图书馆，回到我们的座位上开始学习。

过了不久，张大哥给我们看了他的计划清单：读完选好的中外人物传记、中外名家名著，然后写一本自传给孙子。我们笑他，这个岁数可能其中一样都难完成。他一脸严肃，目光坚定地说："只要想做，没有做不了的事情！"哇！我们一起为张大哥鼓掌：不愧是名牌大学毕业出来的哦。张大哥抬起握着拳头的手臂挥了挥，说："加油！"我们都笑了。

大姐也宣布她的学习计划：把单位评定的会计师职称作废。重新复习准备报考国家注册会计师资格证。这在我们这样的年龄是非常不容易的，但是大姐说退休就开始混吃等死，活着太没有意义了。等拿到注册会计师资格证再到社会上搏一搏。

大哥、大姐鼓励我也出个计划，我说，我看完那些上班想看读没时间读的书，在这里写出更多、更好的小说、散文，力争出一本自己的书。

不久，我们的队伍变成了 2 位爷爷、3 位奶奶……，我想后继还会有 3 位爷爷、4 位奶奶不断加入……

世事喧嚣，半生沉浮。当尘埃落定，我们远观山水，手握一卷书，笑看风云，好不惬意。

读书时间或抬起头来，眼前认真学习的一张张脸上、是对知识、对未来的努力拼搏。这也是梦开始的地方，我们都是追梦人。

　　手上木心先生的《文学回忆录》深深地吸引着我："天才，就是坚持不懈的意思。""人为什么要认识自己呢？一、改善完美自己；二、靠自己映见宇宙；三、知道自己在世界上是孤独的，要找伴侣，找不到，唯一可靠的，还是自己。"温润的教诲如窗外照进来的阳光，那样清透，那样温暖。

　　博尔赫斯说："如果有天堂，天堂应该是图书馆的模样。"

失去的不会再回来

在西式喜宴厅，灯火辉煌，宾客满座。今天是她儿子大婚的喜庆日子。新娘美艳动人，儿子满脸幸福。刚才主持人对着她的儿子儿媳说："无论疾病还是健康，无论贫穷还是富有，无论顺境逆境，你们愿意都不离不弃，直到永远吗？"儿子儿媳同声说："我愿意。"此刻，她已泪流满面。

她站在台下，看着一对新人幸福地一一向大家敬酒。她含着眼泪，这是她苦苦等来的幸福。今天一过，似乎自己的人生也圆满了，剩下的日子就随他去吧！偷偷瞄了一眼坐在身旁的他，他的脸上也露出难得的微笑。好久不见了，他好像瘦了好些，原来腴着的肚腩不见了，脸上看起来有些疲惫，但依然英俊。曾经这张脸让她踏破千山万水也要跟着，如今已物是人非，她心如刀割。

何尝不是，自己跟同龄人站在一起，看起来也是比别人老了10多岁，这些年她尽量不和同学、老朋友联系见面，偶尔的同学聚会更是不愿参加，过着与世隔绝的日子。恍惚间，她想起30年前的那些个早上，早上6点半宿舍同学起来跑步，打开门他就蹲在走廊上，他坐一天一夜的火车从他读大学的城市来她的学校看她，疲惫的眼里闪着亮光。宿舍的姐妹们开心地欢呼跳跃："我们的爱神来啦。"那些欢呼声至今还余音袅绕。

半年前，她给他打电话商量儿子婚事，为了打这个电话，她想了几天几夜，把要说的话翻来覆去地排序、换语调，可是拿起电话，她只说了一句："儿子结婚的事……"对方就打断了："你不要管了，我跟儿子商量。"就这样，她放下了电话。

她想起儿子才几个月大时，为了看他，周末她背上儿子，带上尿布、奶粉，辗转一天一夜到他工作的深山工地去，在山清水秀间团圆，好蓝的天空，他们身上的每一个细胞都是幸福的。

不知什么时候，他们都变了。应该是从她买断工龄开始吧。那几年，单位老是考试，竞聘岗位、演讲。那时，儿子刚上中学。一天，吃完晚饭，她埋怨道："实在受不了啦，要被考试逼疯了！"他认真地看了看她，说："那就不要干了，我的工资足够养我们一家三口了，你上班回来整天心情不好，影响得我们心情都不好。""真的吗？"她喜出望外。

说真的，单位同事们谈起来，都说自家老公没有那种气魄说这句话："回家来，我养你。"自己的老公说出这句话，她感到无比幸福！于是她买断了工龄，成为家庭主妇。

空寂和无聊就紧随着来了。闺密提醒她不能闲下来，会和社会脱节，会迅速退化。她信心满满："我只要有老公、儿子就行了。"

一年，两年，三年……到了第六年，周围都变了，老公回来的时间越来越晚，儿子嫌她唠叨，也尽量在学校。她跟他闹过，他说："回来有什么说的，话题都没有，一说就吵，干脆不说了。"

她恓恓惶惶地走过自己的人生。再美好的爱，没有迈着一起向前走的步伐，掉队的那个就是被嫌弃、被抛弃的那个。不知道她清醒没有？

失去的故乡

　　故乡对我们水电建设职工是那样的遥远、缥缈，水电人的生活轨迹是在深山、在激流的岸边，在人迹罕至的山崖下。我们厂千万个水电职工、家属就是从这个山里大坝搬到那个深山大河边。我的父母就是在 1970 年响应党的召扎根于水电建设的大山里。

　　那时候为支援国家水电建设，人们自愿报名，从祖国的五湖四海拖家带口来到深山中，开始了水电建设。开初没有房子住，厂里在地势比较高的山包上盖起了一排排牛毛毡作顶、草席作墙的住房，家与家之间用草席相隔。我们小孩子从第一家可以钻到最后那家。做饭时每家把炉子提到门外生火，炊烟一片片升腾。遇上雨天，柴火是湿的，烧火做饭的人被烟雾熏得一把鼻涕一把眼泪的。再后来盖起了一排排红砖房，每家有了独立的小厨房，炊烟从房顶上袅袅升起。房子前面种上了许多胡杨树，整个春夏，树叶被微风吹得哗哗作响。

　　早上 10 点，全校学生在学校的操场上做广播体操，学生们穿着整洁的白衬衫、蓝裤子、白球鞋。带操的我站在最前面，骄傲地喊着"一二一"。班里最捣蛋的周斌总是趁前面同学弯腰的时候踢人屁股一脚。被踢的同学反身回来还手，满头白发的英老师提着棍子追周斌。据说那次英老师告诉了周斌的家长，周斌回家被他爸爸痛打了一顿。第二天下午放学，操场边有一堆隆起的石头，上面插着一根竹竿，竹竿上面挂着一张白纸，纸上写着"英某某之墓"。放学的老师和同学都围着那堆石头观看。周斌被班主任提着衣领交给了校长，然后被罚在班上做检查，打扫一个星期的教室。

　　那时的夏天热得好通透，我时常穿着短袖上衣和碎花裙子，央求妈妈

143

给5分钱买支冰棍，含着绝世美味的冰棍和小伙伴一路欢快地在路上奔跑。

冬天的时候，早上去上课，水潭边那座草房子的房檐下结了好多冰柱，我们用棍子打下来含在嘴里，清冽的冰水一点点地化在嘴里，是那么的甘甜，令人回味无穷。男生用铁皮碗拴上铁丝，里面装上燃着的柴火，抡开手臂一边甩一边烤火。

过年，是童年记忆中最美好、最幸福的日子，提前早早把家里的卫生打扫完。大年三十的下午，每家出几个人拿上锅碗到厂食堂打菜，那都是平时吃不到的好菜。

大年三十晚上守岁，妈妈发压岁钱，每人两角钱交到我们各自手上，我们兴奋地把钱装在那套新衣服的口袋中，一起藏在枕头下，枕着钱和新衣服睡觉的感觉美妙无比，那一晚似睡非睡，盘算着第二天到小卖部买什么。

大年初一的早上，爸爸早早起来做早点，我们已经换上了新衣服，急急忙忙吃了早点，迫不及待地和邻居小伙伴朝小卖部跑去。弟弟跑着跑着摔了一跤，把新衣服的口袋摔破了，哭着回家。妈妈惩罚他，让他把新衣服脱了下来，穿上了旧衣服。弟弟过了一个凄凄惨惨的年！

有一次，我们发现山上有防空洞，于是小伙伴们谁闯祸被家长揍了就躲进防空洞，大家轮着送饭给他吃。一起躲在洞里吃饭的感觉甚是奇妙，就盼着谁再被打一顿，再到洞里来会合。直到大人发现后把洞堵上了，我们深感遗憾，我们失去了一个乐园。

我们整齐的房子前是各家种的苞谷、向日葵。到成熟的季节，小伙伴们悄悄约着偷偷去掰苞谷和向日葵。甜甜的苞谷秆和向日葵是最好的零食。有时候实在没有吃的，我们就把米炒香、把土豆切成一片一片，在火上烤了吃。这些零食与现在超市里的各种吃食相比，是那么香甜且经久难忘。

我们家养的那条听话的中华田园犬，无论什么时候，无论距离有多远，只要一喊"小黄"，它就高兴地狂奔过来，让你一次次体验到做主人的威风和它的忠诚。

每到暑假，小伙伴们约好用铝皮饭盒带上饭菜，背上背篓，拿上扁担绳子到山上去拾柴火，要把开学后家里生火用的柴火码够。每天，我们在路上欢声笑语满载而归。

　　然而那么熟悉、带给我们那么多快乐，我们生长的地方，随着建设工地的完工又要迁移到其他地方了，全厂开始了分散搬迁。故乡被无可奈何地遗弃了。

　　过了很多年，大伙相约着到小时候生活的地方看看。原来的学校、食堂、厂房都没有了，变成了荒地，住过的一排排平房只有残垣断壁。岁月已经侵蚀了我们的故乡和家园，内心是无比的心痛和惋惜。故乡已经消失，它只存在于我们心中永不磨灭。

失去的时光

退休了，慢慢静下来了，平静时总有万般滋味涌上心头，不自觉地回想起过去的时光。想起刚从学校分配到单位时的情景，一切好像是在昨天。一个人提着红色的木箱，木箱里装着所有的家当，坐着拥挤的班车，车上有父老乡亲和篮子里的鸡鸭。

这是一个最小的县城，传说一支烟的时间就可以从街头走到街尾。车到站正好是中午，刺眼的阳光直射眼眸，沉重的箱子几乎拖在地上。街头还算热闹，有散步的老牛，有一边拉车一边拉屎的马儿，有背背篓的农民姐妹，有整洁光鲜的男男女女。我却不知道，我要报到的建设银行在哪里？

工作之前对银行几乎没有概念，小时候妈妈领了工资，就放在抽屉里，上个明锁。每个月得到父母给的生活费，就藏在放衣服的箱子里。21岁之前没有存过钱，也没有取过钱。这是我第一次走进银行，并且成为其中的一员。

整个县支行只有13个人，营业室就占8个，细长的营业室只有10多个平方米，两人迎面走来都要侧身才能通过。从行长到员工都以兄弟姐妹叔婶相称，对行长的称呼是：叔叔。全体员工都住在一个通走廊的4层院子里，一出自己的门就和大家两两相望。

柜台上用铝合金栏杆做隔离，都是站着与客户面对面沟通交流。客户会带一包零食或者自己腌制的咸菜让大家都尝尝。常常午睡时，晚上在娱乐室看电视时，会听领导在院子里喊：办汇票了，于是几个相关人员从床上爬起来，或从厕所旁的娱乐室跑出来（那时是手工账），打开营业室大门等着拿票据出远门的客户来。大家习以为常、毫无怨言，只会想赶快办好票据让客户带走，不能耽误客户办事。办完业务了又在谈笑间各自回家钻进被子看电视。

有时办完业务客户会请柜员们去馆子里撮一顿；看他们家的独门小院，参观他们的果园，他们出差去外地会专门跑来柜台上问："谁想带点什么东西？"大家都相处成了兄弟姐妹。

隔三岔五，单身同事们相约到馆子里打牙祭，晚上下班互相帮忙清点钱币、收拾账本、打扫卫生。然后大家一起朝馆子奔去，好像那里有山珍海味等着。大家一边吃，一边无拘无束地开玩笑，心无芥蒂的友情是那样珍贵让人迷恋，吃得心满意足的幸福有些微微的醉意。

通常每月发工资的时候，发工资的聪哥会扣除聚餐的伙食费，然后继续下馆子美餐。每个月74元的工资，我们却过得像拿7400元一样快乐。

储蓄所现金告急，送款员领好几万、几十万现金用塑料袋装好，捆在单车后座上骑上车就送款去了，都不用担心被人跟踪、被人抢。

周末有债券任务要卖时，大家分成几个组到各乡镇上去卖债券，到了乡镇上随便找个单位借一张桌子，把钱和债券码在桌子上摆开阵势就开卖。赶集的人们拥挤得水泄不通，不会担心丢失或者遭抢劫。

最开心的是每过一段时间，行里就组织外出郊游，开着唯一一辆吉普车，熟悉得如兄弟姊妹般的大伙敞开心怀，观看蓝天白云，在山上挖坑支锅、各自把带来的各色美食拿出来放在铺好的地上，开吃！

那样敞亮的日子什么时候不见了的？什么时候柜台装上防弹玻璃，有了全副武装的押运车？钱款送到要双人核对人脸、车牌，钱只能送到第一道门禁……对员工的操作、动作管理有上百条规定，并且头顶上的监控时刻监视着。

上千条细致的案件防控措施，客户与柜员近在咫尺却远在天涯。领导和员工的距离有一条街那么长。员工每天忙到天黑回家，虽然工资上涨了，生活水平也提高了，但之前一起出去吃饭那样的开心不见了。

所依，所乐

青怡公园，因为它处于市中心，我反而在匆匆而过中将它忽视了。这天，我带上水杯和要看的书，第一次走了进去。

没想到不起眼的小公园却让我眼前一亮，有一种不一样的感觉。公园大门外是十字路口、地铁站、公交车站，各路车川流不息，而公园里面绿树成荫、小桥流水、亭台楼阁仿佛世外桃源。早晨前来的大部分是退休老人。他们经过岁月的磨砺，有时间爱护自己、珍惜今天了。

最突出的是那一群唱歌的老人共6位大爷，有的拉小提琴、有的拉手风琴、有的弹吉他；还有12位大妈各自拿着琴谱，或站着，或坐着，姿态随意，豪迈地唱着《我爱你中国》。他们唱得那么整齐而深情，让听见歌声的人都循声而去，被这样轻松的发自内心的歌唱感动得好半天不愿离开，我也不例外。

旁边那群穿着白色太极服的大妈和老头，整齐划一，心无旁骛，他们表情严肃认真地打着太极拳，歌声丝毫没有影响到他们，在微微的轻风中散发出勃勃英气。这场面，引得我也想放下背包，加入进去。

再过去是跳舞的大妈，穿着藏族的服装，领头的大妈大声喊："手抬起来，水袖甩起来，要有精神，不要软塌塌的！"暗红色条纹的藏族服装，在公园中像一片跳跃的火焰。

再看，好奇怪！那么早就有3堆人各自围成圈、坐在水泥圆凳上，凑近一看，原来他们是在下棋。观棋的人比下棋的人还多。下棋的人在思考，观棋的已经怒喊："走这里，走这里！"声音一声比一声高。正兴奋地七嘴八舌地喊着，突然，全部人一起遗憾地"唉"一声——一方下棋的人输了，懊丧地站起来，换站着的人继续，气氛热火朝天。

还有一群大爷围在亭子里打扑克。围观的大爷被走过来的大妈使劲拉走，说道："有什么看头，走路锻炼去了，绕着走道走四圈去！"大爷被拉着一边挣扎一边说："再看一把，再看一把。"结果还是拗不过大妈，嘀嘀咕咕着乖乖走路去了。

那些拉伸的、吊环的、做操的人，悠然自得地自顾自地进行着各自的锻炼。

我在旁边的一个小亭子里坐下。这里一个人也没有，似乎是特别为我准备的，不由得一阵狂喜：运气多好！转头一看，身后是一汪清澈的池水，水草在里面悠悠地漂荡，茂密下垂的树枝尽力地弯着腰，好像跟我一样想轻轻地抚摸一下那可爱的正在漫游的小鱼儿。

不一会儿，太阳探出头来，似乎要看看地上的人们是怎样快乐地生活的。这时，我身后走进来一男一女两位老人。他们坐下却没有说话，我悄悄观察，猜想他们是什么关系：夫妻？不像！应该是父女。

坐了一会儿，大爷开口说："我爬不动了，6楼啊！我下楼还问题不大，上楼我要歇几次脚才上得去。"女子说道："我的爹呀，我也没有办法啊！你看我们三代人住在56平方米的老旧房子，我只能经常去看看你呀！"

哦，是一对父女！老人精精瘦瘦的，穿着还算利落干净，不大而深陷的眼睛，高高的鼻梁和他无奈、隐忍的表情，不知为什么，他让我想起我的父亲。我忍不住插话："大爷您高寿了？"老人把望向远处的目光收回来，有气无力地答："姑娘，我96岁了。"我惊呼："哇！96岁了啊！"老人看我惊讶的表情，接着说："我也不想活那么长，净给儿女添麻烦！"说完低头陷入沉思。他女儿警觉地看了看我。我想，自己是不是有些冒昧了？但是好奇心作祟，又让我忍不住想知道他们的故事。

我说："把房子卖了买个低楼层的也可以啊，不然老人爬楼确实很难。"老人的女儿答："这是公租房，不能卖。"老人深深地叹了口气，道："原来的房子卖了，给大儿子看病了，他好了后就申请了这个公租房给我住，太不方便了。"我又多嘴："您有几个儿女呢？"老人的女儿答："有3个，两个哥哥和我一个女儿。"我忙说："那每个儿女每月分派点钱，重新租房子也可以呀！"老人叹气说："几个都是下岗工人，每月工资和我一样只有 3000 多一点，他们还要管孩子，也管不了我了。还好，我这个女儿孝顺我。"

他女儿看我没有恶意，也跟我攀谈起来："我妈走了 10 多年了，我爹一个人生活，岁数越来越大了，两个哥哥过年过节才提点东西回来。我也是退休工人，工资也不高，还要接送上小学的儿子。我隔两天来帮他洗洗刷刷，送点菜过来，我爹自己做饭吃。"

突然，我有些心酸，忙安慰他女儿，说："我妈后来老年痴呆，也是我看护直到她走，有爹妈总比没有好，他们活着的时候我们尽力，将来他们走了，不留遗憾，不后悔，就满足了。再说，人在做，天在看，这也是为自己、为后代积福积德了。"大姐点头说道："是的，是的。"

我转向老人说道："大爷，您女儿对您多好啊！您一定要每天下来跟朋友们聊聊天，晒晒太阳，不要想不开心的事。我真羡慕您，您如今高寿，身体还没有什么大病。"

大姐站起来说："我们要走了，到吃饭时间了，我才发现前面有家快餐店 13 元一份，随便吃，很不错。我现在每天中午过来带我爹去吃，然后把他晚上的饭打包回来，晚饭时他自己热了吃！"我由衷地高兴，说："你们就住附近吗？以后还能见到吗？"老人抢先答："我就住在公园旁边那栋楼，下楼就到公园了。"我忙答道："那我们以后见，我每天都路过，我会来看你们的。"

"再见！"

"再见！"

看着他的女儿搀扶着大爷慢慢远去的背影，不禁有些感慨：人生百态啊！

爱犬欢欢

　　我悠闲的时候，就会去花鸟市场，比开车去郊外，少了些孤寂伤感，比去公园东张西望、在喧嚣中左右拥挤多了一份恬静。花鸟市场有很多品种的可爱狗狗：有笨笨的巴哥法斗、有厚道的金毛、有傻傻的哈士奇、有机灵的拉布拉多犬、有老头子一样全身毛发拖到地上的阿富汗犬，还有长得似小精灵般的博美。它们在笼子里蹦跳、打盹、撒娇、卖萌。

　　狗狗是我最爱的动物，以至于一看见狗狗，我就莫名地兴奋，想摸摸它、抱抱它。狗狗诚恳、无辜的小眼神一直深深地吸引着我。我感叹：狗狗是那样温暖贴心、忠诚。比如导盲犬、搜救犬、缉毒犬，它们骨子里用性命捍卫忠诚和使命的高贵品质，是多么难得！在狗狗那张平静的脸上，在那双孩子一样纯净、温顺的双眼里，你会看到它对主人的依赖和信任。

　　我养了一只杂交的蝴蝶犬，说来这纯属偶然。那天周末，阳光明媚，我走到花鸟市场的大门口，想着要见到狗狗，激动得心跳加速，像曾经在幼儿园门口接女儿回家一样欢喜。蹲在一只黄色娇俏的小蝴蝶犬面前，我被它一身金黄贵气的毛发吸引住了。金色代表"高贵"，黄色代表"幸福"。多么自然、绝妙的配色，而且还是一个小母狗。主人看我很喜欢它的样子，就把狗狗拿出来放在我的脚边，说："它叫欢欢，4个月大了，喜欢就拿走，200元。"狗狗抬起头，用小眼睛看着我，一动不动，那双无邪的淡淡的黄色眼睛里满是信任、依赖，它将小身体靠在我的脚上，乖巧得就像我的孩子。难道它预感到我就是它的新主人？它用眼神和身体语言告诉我它想做我的小宝宝？太不可思议了！难道这就是缘分？

　　它成了我们家的一员，仍然叫欢欢。刚到家时，欢欢很害羞、很胆怯，但是它很聪明。它知道在这个家里我最喜欢它，于是寸步不离地跟在我身后，我去厨房，它也去厨房；我去卫生间，它也去卫生间。双眼专注地看着我，意思是：我对这里不熟，你要多关照我哦！

　　一开始它不知道在哪里大小便，于是在家里狂躁地跑来跑去，我们没有在意，以为它是高兴地撒欢呢。它实在憋不住了，在客厅方便了起来。女儿大声喊："妈妈，欢欢在电视机前面尿啦。"女儿的爸爸不是太喜欢狗狗，连忙嚷嚷："赶紧送走，赶紧送走！"狗狗知道它犯错了，吓得夹起尾巴钻在桌子下，头耷拉着，怯怯的小眼四处观察。过了一会儿，看我们准备吃饭了，它试着站起来，几次又蹲下。它在察看我们的脸色，判断我们的态度。欢欢犯错的样子是那样惹人怜爱，我禁不住对它勾了下食指，它立刻跳起来，不计前嫌，欢快地扑过来。欢欢是那么单纯，一如既往地对家里人都很友好。

　　傍晚时分下楼散步，是欢欢一天中最幸福的时刻。每当我开始换鞋，它就兴奋地在我脚边不停地跳。我故意穿好鞋不动，看着它，它也停下来，目不转睛看着我，好像在问："怎么了，出啥事了？"待它安静下来失望以后，我开门，它马上像被大赦一般狂奔下楼，小脊梁欢快地上下起伏。

　　家人们每天下班、放学，欢欢都像久别重逢般扑过来求抱抱，两眼喷着热烈的火焰，舌头拼命地在我们脸上乱舔，尾巴摇得飞快。外面的世界是如此让人疲惫，一回到家，有欢欢迎接、热爱、想念、忠贞不渝的期盼，家人们感到何等感慨和安慰！

　　有一天，我突然发现它的肚子不同寻常，小腰比平时粗壮了许多，回想了一下，欢欢最近总是懒懒地卧在我们的脚边。难不成它有宝宝了？我们家的成员将要增加几个？这一发现，让我们全家激动不已。第二日，我便带它去宠物医院，确定欢欢确实是怀孕了。我开始给它加餐，买火腿肠、买鸭肝卤好再拌饭给它吃。每次端给它香喷喷的饭，它都要做出很秀气、很羞涩的样子，好像在说："让你们破费了哦！"然后才开始狼吞虎咽。自从有了宝宝，它这个"孕妇"走路不再欢蹦乱跳，小心地一步步负重前行，下楼大小便完就自己上楼，晚上趴在窝里慵懒地卧着，眯着眼享受做妈妈的幸福。它是否会像人一样去想：有几个宝宝呀？几个女儿几个儿子啊？是否也感受到了儿女们在肚子里伸胳膊蹬腿？虽然它怀孕很不舒服，但是只要我一勾手指，它立刻心领神会，走来靠在我的脚边，陪着我看电视追剧，不管到深夜几点。有时候，我追剧到凌晨两三点钟，它很困了，仍然愿意陪着我，我稍有响动它就抬头四处张望，看看是否有危险，它没有真睡，还在等我！于是我把它抱起来，放在我的腿上，我们之间竟有了相依为命的感觉！

我们也不知道欢欢的预产期是什么时候，但我们一直焦急地等待着。一天中午，我正睡午觉时，听见客厅里有窸窸窣窣的响动，起来一看，天啊！欢欢自己正在生宝宝，已经生出4只小狗狗，狗宝宝在它身旁蠕动，欢欢正在专注、快速地舔宝宝们的眼睛，帮助宝宝睁开眼。狗窝里干干净净，宝宝们有金黄色、纯黄色的、黄中带黑的，一个个肥肥的、肉肉的。小宝宝们此刻正在吮吸妈妈的乳汁。怀抱宝贝的母亲欢欢满脸的幸福、满眼的慈爱，它的眼神是那样的澄净。

多么坚强的狗狗，独自承受怀孕几个月的煎熬，独自经历生产的痛苦。想起当时我分娩完，亲人们早已准备好红糖、鸡蛋和热气腾腾的鸡汤。对比起来，欢欢是多么坚强啊！

从此我们家变得热闹起来，肉团团满地滚，一不小心就会碰到，于是大人喊、小狗叫。欢欢听见我们喊"过去，过去"，就起身带领儿女们到餐桌下趴着。

后来，因为女儿面临中考，担心狗狗会影响女儿学习，全家人商量来商量去，决定将狗宝宝送给生活条件好、喜欢狗狗的亲戚朋友家去养护。

我和朋友说起我们家的狗宝宝，问他们愿不愿意养狗狗，朋友们都说愿意。于是在三天之内，朋友们把几个狗宝宝都领养走了。那几天只要朋友进门，欢欢都目不转睛地盯着我的手，看着我一只一只地将狗宝宝从它身边拿走，从它伤感的眼神里能看出来，它明白它将失去它的宝宝了。可是就因为是我——最信任的主人，它没有阻止我。它眼睁睁地看着儿女一个一个被送走，永远失去了。

从此我们慎重地对待欢欢怀孕的问题。我们深知狗狗怀孕的不易，也更知道我们对狗狗的爱与狗狗对我们的热爱相比，是那样的微小：狗狗对我们来说是一时，而我们对狗狗来说是它的全部，是它的一生。尽管它们不会说话，却给了我们全部的忠诚和信任。这颗沉重的真心，我们大多数人都辜负了它们。

生命的体验

初冬的早上，万物萧索，灰暗的天空压在头顶，想起失去的双亲，想走了的弟妹，想起孤寂的夜晚一个人的挣扎。为什么不幸总是围绕着我？被窒息的感觉控制着，莫名的伤感和情绪低落，这样的情形已持续好长时间了。

闺密说："你总要想办法把自己的情绪调整过来呀！最近不是流行一句话：你感觉自己不幸就去医院转转。"这句话我也知道，只是没有以这样的心态去过，一般都是快去快回。为了摆脱这样的情绪控制，我决定去医院。

我到医院了，这个生与死交会的地方，让人恐惧、迷茫，清醒、哀伤、绝望又会有希望的地方。

门诊部永远都是人头攒动、人们左躲右闪，病人和家属的脸上都是忧愁、痛苦不堪、烦躁和失望。

内科大楼！这里是最热闹也是令人伤心的地方：心内科、肾内科、血液科、风湿免疫科、神经内科、呼吸科……都是治严重的病且花钱多的科室。

心内科住院部不光住老人，还有中青壮年，病是越来越低龄化，甚至有的青少年、小孩也有心脏病。这极速要命的病让生病者和家属整天处于惊恐之中，生怕一个不留神就天人永隔。

肾内科位于住院部9楼，有些安静，这里的人们大多过了最崩溃的时候，刚刚透析回来的和即将要去透析的病人看上去都很平静。孤身一人从容地拿着水杯、毛巾去透析室找个床位躺下，等医生来操作，看着自己的血从左手抽出来，从右手输进去，3天一次的重复频率已经平常得如同每天必须吃的3顿饭。

等肾源的无望和巨额手术费已经让他们对"活着"死心了，只等那最后时刻的到来，也许已经将遗嘱打了无数次腹稿，就等最后时刻与亲人告别。

外科比别的科室似乎气氛要更紧张些，外科医生几乎都是年轻小伙，并且都是寸头，干练、简洁，看起来做事不会拖泥带水。而内科医生几乎都是女的，女性的柔美和耐心，刚好与病人的慢性病特征相符。

推往手术室的胶轮在走道上发出急剧的摩擦声音，守护的家人们屏住呼吸在医生护士后面跟着奔跑。不知道亲人能否安全从手术室出来的心情使得他们的腿都似乎有些发软。他们守在手术室外焦心地等待亲人从手术室出来，或顺利过关，或与亲人永别。

外科走廊上还有编外床位，那些病人都在等着做手术，或者是刚做完手术还未恢复的，还有刚做完开颅手术，头上还缠着纱布的。

急诊科里那些遭遇车祸、打架斗殴的人，血肉模糊，惨不忍睹，伤者的伤口汩汩地往外流着血，医生护士从这张床跑向那张床，亲人的泪和伤者的血一起在流淌。

突发心脏病的病人，医生正在用除颤器一下一下地电击病人的心脏部位，病人毫无知觉地被电锤吸起来又倒下去，再吸起来又倒下去。有个医生正在给病人做人工呼吸，争分夺秒与死神搏斗着，突然咔嚓一声，病人的胸骨断了，亲人尖声惊叫，大声哭喊。

肿瘤科住院部按不同肿瘤类型占据 4 个楼层。这里没有老少贫富、高贵低贱的区分，癌症病魔示威一样威慑着众生。生命倒计时里的病人疼得在床上挣扎着，说："让我死吧，我受不了了！"而他们的亲人在床前拉着病人的手，轻声说："刚刚才打完止疼针，你再忍一下，一会儿就不疼了。"话未说完已经泪水满面，病人家属蹲在走廊上默默地哭泣或者双手抱头，痛苦地忍受着亲人即将离去的悲伤和痛苦。癌症病人和他们的家人一起一次次经历生死考验、经济绝境，甚至良知的挣扎。

这时，一张移动床从我身旁推去手术室，一个孕妇躺在床上，夕阳的余晖里，我看到孕妇安详的神态。她的丈夫及其他家人们簇拥在旁边，一家人都沉浸在迎接新生命的喜悦中，他们满脸的幸福、兴奋和盼望，抹去了我心中的阴霾。

妇产科手术室外，聚满了家属，有的提着鸡汤等打包的美味，有的抱着小宝宝的衣服和被子。这里的人们没有伤心绝望，只有对未来无限的期盼和克制不住的快乐！

产房门开了，护士把宝贝传递给家人。接过孩子的一刹那，我看见了宝宝爸爸无以言表的开心，那个肉粉团不仅仅是一个生命来临，还代表了全家人对无限的快乐和未来的期许。

坐在住院部楼下的石凳上，看着整个住院大楼，还有比自己更庆幸的人吗？首先我没有缺胳膊少腿，有心爱的女儿、有美食、有闺密，还有终身陪伴我的文学！

走在回家的路上，心里的重负不知不觉已经消失了。生命的到来是壮丽的，生活的过程也许不尽如人意，可是反过来想，不管要面对怎么样的困难，好好活着，面对灿烂的阳光，和家人朋友力所能及地过好每一天，就是现在我们存于这世间最大的意义。

原来如此

其实张晓努力克服年岁和家务的牵绊，终于通过考试拿到了经济师证书，部分原因是想证明自己的能力，毕竟能评上职称仍是少数人。

可是今天，人力资源部在职工大会上宣布的经济师上岗的名单上没有张晓。这个结局她早有所料，毕竟有了证书不一定有对应的岗位，但是心里还是有小小的失落。

和张晓一起报到的小刘原来是领导的儿子，一直在业务部门工作。因为他特殊的身份和优越的条件，同事们都不敢得罪他，就连经理、副经理也对他心怀忌惮，不敢对他造次。张晓有时候看着经理们对他那种巴结、谦卑的表情，就暗自感叹：谁说人生而平等？

临近下班，同事小王悄悄地递过一张字条：老地方。抬眼一看大家心领神会。

下班时间一到，落日余晖刚刚从窗外照射进来，财务室的 5 个人迅速收好票据，锁上印章，接着给办公室的涛哥发个微信，然后前后脚分开行动往牛肉馆奔去。

桌上依次端上了白斩鸡、酥红豆、红烧牛肉、牛干巴、黄焖洋芋、清汤牛肚。办公室的伙伴们一个个看得口水直流，这不知要比平时在食堂吃的大锅菜美味多少倍！小王直呼："不要等涛哥了，每样留点儿给他得了，开干、开干！"大家纷纷拿起筷子准备下手。涛哥正好走进来，装着不满的样子嚷嚷："谁说的不等我了？良心呢？我点的菜还不给我吃？"

最后，每个人吃得油光发亮，酣畅淋漓，同事们看着彼此开心的笑脸，忘记了所有的不快和烦恼。涛哥说："同志们，要不要下次喊上小刘？"

大家一时不知道怎么回答。苟姐说："他进来我们这个小团体，会不会告诉经理说我们拉帮结派？"张晓忙说："人家天天下班就回家，吃现成的饭菜，会参与我们吗？"涛哥的提议便胎死腹中。

"你们昨晚去吃饭了，怎么不叫上我？"小刘在办公室外的走廊上看见张晓，便问她。"我们临时约的，走时看见你在和客户在谈话，怕你走不了呀！"张晓答。"找借口。"小刘撇了下嘴。"下次一定叫上你，你不要多心啊！"张晓双手合十做道歉状。"没事，下次喊我就行了。"说完，小刘走了。张晓站在原地愣了几秒钟：谁把大伙儿卖了？

回到办公室，张晓呆坐在座位上：得罪了小刘以后会不会有什么影响？这个人平时在单位里很得势，自己和他并不怎么亲近，但是转念一想：自己做好岗位上的工作，无欲无求，还怕什么？张晓静下心来，缓缓神开始工作。

张晓的肠胃炎越来越严重了，稍微吃点东西就要拉肚子。特别是办业务中，肚子疼得厉害时丢下桌上的章子就往卫生间跑，其实这样不符合规定。办公室同事都说："赶快去市医院做胃肠镜吧，拖严重了会出问题的。"想想也是，自己女儿还小，要是自己身体出大问题，女儿怎么办？

这天，张晓上楼找经理签字，出经理办公室后，路过小刘门口，听小刘喊了一声："张姐！"张晓吓了一跳，站在小刘办公室门口问："喊姐姐有什么事？""你进来呀！"小刘办公室很整洁，窗台、墙边都栽着好看的花草、盆景。张晓坐在小刘办公室的黑色皮沙发上想：一个28岁男生的办公室有这副模样还是很难得的。小刘接着说："张姐，我听他们说你要去市医院做胃肠镜，你要去我可以帮你联系熟人，我小叔在市医院内科，我喊他帮你挂好号，到时候你去找他就行了。""哦，那太好了，太感谢你了呀！……那天去吃饭没有喊你，你不生气啊？""哪有那么多气生！我那天是去我姐家，你们刚好坐在窗子边上，我看见你们在大吃大喝。"张晓心里一块石头落地，是自己多疑，格局小了。

张晓去找了小刘的小叔，顺利地做了胃肠镜，确诊是长了肠息肉，医生为张晓做了切除手术。这台手术也切除了张晓的多疑症。

月光照在街角

　　一个深秋的晚上，6点半，天空下着冷冷的细雨，这条老街两旁高耸的大树都成了"光杆司令"，剩下少有的几片黄叶万分不舍地在树枝上飘荡。虽然昆明有四季如春的美称，可是另一个描述"下雨就是冬"也一点不假。这个老旧小区曾经是最吸引人的市中心，现在就只有老弱人群住在这里，每天才傍晚，就已经寂静寥落了。

　　老明站在自家快餐店门口，明明是吃饭的点儿，却没有一个人来吃饭，就连过路的人都没有。厨师、工人都在无聊地玩手机。老明心想，再坚持一个月，不行就关门了。

　　"姑娘，麻烦你一下，我把现金给你，你用微信转给我姑娘一下。"扫地的张大姐也不管老明同不同意，从上衣内层口袋拿出1500元钱递给老明。帮她微信转钱不是第一次了，她扫地的工资是2400元，汇走1500元，她只留900元，怎么过日子呀！但是老明也不好问，每次都帮她汇过去。其实她比老明大不了几岁，农村人辛苦，显得苍老。

　　老明问张大姐："吃饭了没有，没吃的话，等一下跟我们一起吃吧。""谢谢，我刚刚吃完饭才来的，你们赶紧吃。"张大姐说完话便走了。

　　张大姐家在昭通市下面一个闭塞的山村里。她一个人负责打扫我们周围的4条街。因为这几条街是商住混合，各家门口很杂乱：有生活垃圾、枯枝败叶、烟头。张大姐干起活来一丝不苟，一旦她发现谁家店门口有垃圾，就一边嘀咕一边扫，细竹子做成的长扫把在地上刷刷地响，大家都知道她在生气。老明家的陈厨师一看见就跑出去嚷嚷："你扫的什么地，你看看你画的"大字"。张姐抬头恨恨地说道："你来扫，你扫的肯定没有我扫的干净。""我扫？我一个月 6000 元的手艺。你跟我比什么？""你稀奇，会炒个菜有什么了不起。"他们两人经常斗嘴，其他人哈哈大笑。

见没有人来，老明招呼道："陈师，炒我们自己吃的菜了。"陈师没有立即起身，故意过了两分钟道："我不饿，你们要吃什么自己做。"老明知道他在故意卖弄，生气地说："我们连客人都不如吗？""你要这么说，我还不好意思了。"说完，陈师站起身炒菜去了。陈师经常吹嘘他 15 岁就走南闯北，和媳妇离婚后，更是孤身一人行走在盘龙江江南北的各个厨房里。

陈师窄窄的脸配上机灵的小眼睛，头发理成光头，瘦瘦的加上小个子，显得鬼精鬼精的。老明聘用他是觉得他还是善良，脑子也灵，这是老明为人处世的原则：人如果不善良，会后患无穷。

另外还有两个勤快忠厚的农村妇女，刘姐 52 岁，郑姐 48 岁。店里有她们两个，老明几乎不用操心。

"姐，我今晚家里有点事，老家的亲戚来昆明看病，我先走一下，带他们去医院，好吗？"说话的是刘姐，非常本分勤快，一刻都不会闲着。事情一做完她就拿着抹布四处擦，擦不到的地方就用凳子架在桌子上面去擦，还会清理冰箱、洗脚垫。老明好多次被感动得想：我自己家我都没有这么勤快爱护，这是老天派来给我的好人啊。

"去吧，去吧，今天又不忙，你早点去，把那大袋食品拿去给你亲戚。"说着老明把早上叔叔来看他带来的东西递给刘姐，刘姐满脸感激地拿着东西走了。

待郑姐收拾完，3 个人关好店门，走在清静萧索的路上，谈笑间有些许温暖照耀着彼此，不一会儿，各自到家。老明放下肩上的背包：又完成一天，可以追剧了，不由自主地欢快起来。

第二天早上天未大亮，雨水哗哗地砸在房檐上，巨大的声响把老明吵醒："完了，老天在这个时候下雨，陈师、刘姐、郑姐怎么上班，他们有伞吗？"老明赶快起床，胡乱洗了下脸，提了背包拿上伞赶快往店里跑。整条街还在昏暗中，老明的店里已经灯火通明，陈师已经在灶火前忙碌了。老明一阵感动，说："陈师，你怎么来这么早，淋雨了吗？""刚出门就下大雨，你看我都湿成这样了。"老明这才发现，陈师整个裤腿都是湿的。老明赶紧说："你赶快回宿舍换干衣服、鞋子去吧。""现在回去换来得及？等下到 11 点多菜出不来，不是完了吗？"陈师回过头，小眼瞪着老明一本正经地说。老明站在厨房门口又被感动：陈师穿着一双破旧的皮鞋，从来没见换过，那件大红 T 恤，一般是天晴时晚上洗，早上穿，旧牛仔裤已经发黄。每次发工资老明把钱递给陈师，都要叮嘱他节省着用，陈师都要回一句："我用什么用，留着给儿子结婚用。"

老明惦记着陈师的湿鞋，中午卖完饭赶紧去街上买了一双运动鞋。回到店递给陈师，说："陈师，赶紧把鞋换上，小心感冒了。"在湿鞋里泡了半天，陈师的脚似乎有些肿了。老明又去旁边一心堂药店买了些感冒药交给他们。陈师感激地说："谢谢老板娘了，我媳妇都没有给我买过鞋呢。"老明回道："应该的呀！你都对店里那么负责，我也要好好对你们呀！"每次一提起媳妇，陈师眼睛就会发红，疼痛、思念、伤感就一起袭来，老明每次看见都暗自感慨：男人也有这般深情！

老明开的自助餐店是每位 14 元随便吃，农民工一律每位 12 元。有时候晚上，几个农民工会单独来炒几个菜喝点小酒，老明按人头 12 元跟他们结算。那天来了 4 个农民工，待他们吃完喝完酒，已经夜里 10 点半了。店里收拾完已经将近 11 点了。几个人冒雨走在回家的路上，突然看见街角房檐下有一个蜷缩着的身影：双手抱着长竹条扫把，埋着头嘤嘤地哭泣。几个人凑近一看，是扫地的张大姐。老明上前摇摇她，问："张姐，你怎么了？怎么不回家啊？""你们先走，我还有一会儿才下班。"张姐低着头回答道。旁边的刘姐悄悄拉了下老明，说："我们先走，他们要 11 点才下班呢。"好辛苦！老明只知道环卫工人是早上 4 点就要到岗位，并不知道晚上要 11 点才下班。唉！张姐是不是有什么难处，明天好好问问她，老明想。

"她也不容易啊，前年，她儿子 25 岁，出车祸死了，老二是女儿，又是智障者，一直请亲戚帮看管着。她老公自从儿子死了，就天天喝酒，哪里醉哪里睡。她担心老公一个人在老家出事，找环卫处领导说歹说，才帮她老公找了个打扫公共厕所的工作。可是，她老公仍然改不了喝醉找不着家的情况。环卫站知道他们家情况也一再原谅。"她老公这班不知道能上到什么时候？"刘姐说完，大家陷入沉默。

"我住在她隔壁，经常听见她一夜一夜打电话哭到天亮。"郑姐接着说。哦，难怪大家都觉得她脾气暴躁，她心里装着多少悲伤、痛苦、无奈啊！老明交代他们以后多帮帮她，看见她就用打包盒打好菜给她提回去，能帮一点是一点。

每天早上5点，我们还在睡梦中，环卫工人们已经扫完自己负责的区域，在某个避风的街角，双手将扫把抱在胸前偷偷打个盹，然后接着再清扫一遍街面。天亮前，他们负责的那几条街不能有任何垃圾，否则他们会被批评，或被罚款。

和张姐一起扫地的工人都住在街角，吃着咸菜下饭，喝着自来水。一次，我问张姐："你怎么不调换一个工资高点的工作做呀，这个工作时间干长了会影响身体的。"张姐正了正清洁工的帽子，说："别的我又不会干，这个工作时间长，但是有事可以离开一下，我家老公不消停时，我可以管一下他。再说工资多也能花，少也能花，节约点也够用了，知足点好。"

哦，亲爱的银行

从人力资源部小陶手里接过退休证，心里还是不是滋味。尽管几年前就开始数日子等退休，想着不用早起、想睡到几点就睡到几点，想拔脚就去旅游，想不看邮件、不必做那做不完的事情，想不看领导脸色，想路见不平拔刀相助。

手上的紫红色塑胶皮本，上写着"光荣退休"四个大字，我怔怔地发起呆来。怎么就退休了呢？怎么就老了？

仿佛弹指一挥间就到了今天，尽管这是自己之前盼望和期待的，但是真到了这一天，悲伤的感觉就像拿到离婚证般苦涩。30多年的工作历程如梦一般结束了。

想起第一天提着行李到单位报到，以为像学生时代一样在最后报到规定日之前的两天来就行了，结果被行长罚站，靠墙站着听行长训话："你看看几号了，有没有组织纪律性？"

想起我刚进银行时，每天将账记在一大摞塑料手工账本上，记完又抱到复核人员面前用算盘复核，等账和箱子里的现金相符，才可以扎账下班。

那时冬天很冷，好不容易遇到天晴，我们就将营业室大门开着，全部跑到后面院子里晒太阳，客户来到营业室找不见人，大声喊："办业务了！"相关人员赶紧跑回营业室继续上班。有时候大家轮流烧炭火，把炉子放在柜台的一边，一边烤东西吃，一边办业务。

后来摆脱手工记账，开始用电脑记账了，我带着上正在幼儿园的女儿一夜一夜地加班学习计算机课程，清理账务。

我第一次换班当出纳就短款 100 元，营业部主任带着我去找客户请求退款。

想起我们银行上市那几年，我忙得马不停蹄，考试、竞聘、演讲。我站在台上举着稿子，紧张得把稿子念得结结巴巴，小腿抖得站不稳。

想起参加全国经济师考试，把上小学的女儿哄睡着又骑上摩托到办公室复习。深夜，回家的路上寒风刺骨，哆嗦着往家里狂奔。

想起全国数据联网时，我们一遍一遍地清理数据，用了大半年的时间做各个数据系统演练。同事们从早上到单位直到深夜才回家，附近的馆子送来快餐，各人把自己带来的咸菜、酥肉等美食拿出来共享。琐碎的成就感让我们每天在苦累中也开心快乐。

想起每个星期，我们几个要好的同事都要相约到馆子里大撮一顿，吃着美味佳肴，欢声笑语、嬉戏打闹不断。

想起每年年终决算，全体员工集体吃 40 年不变的决算饭，待行长宣布年终工作成绩，并感谢大家一年的辛苦努力，欢乐的笑声掌声仿佛还在耳边。

想起每天穿在身上庄重的行服，代表着与银行的荣辱与共，我们银行的每一个进步都有我们的汗水和功劳。

想起这些，感到莫大的安慰。虽然退休了，离开了这座熟悉的大楼，但是从青葱岁月到迟暮黄昏，我都和那所银行息息相关、生死与共。这份机缘是如此珍贵，是老天馈赠予我的礼物，令我终生难忘！

评 职 称

正在发呆的顾琼被会议室重重的关门声拉回到现实中，已经坐齐的同事们悄无声息，大眼瞪小眼地等待经理的到来，气氛严肃而神秘，这给顾琼增添了些许紧张感。

"昨天收到上级公司通知，今年的职称评定要在年底前完成，还有两个多月的时间，评定条件和要求等下叶副经理给大家宣读，这次评定条件和以往不一样的地方是要强调政治思想、道德品质、业务能力，并由科室部门领导组成评分小组，对去年下半年到今年 8 月份的业绩进行考核打分。政治思想品德占40%，业务能力评分占60%，具体条款叶副经理给大家陈述。"

接着叶副经理逐条宣读明细条款，大家沉默。职称是否能评上在各自的职业生涯中是一件大事，不仅仅代表职称上一级台阶，也显示个人的业务能力得到群众肯定和领导的首肯。其实更大的吸引力是每个月增加几百块的收入，年终奖也比没有评上的人要多出很多。

但是，这不是以自己的个人意志为转移的。人人都希望能在自己身上实现公平、公正、合理，但是业绩指标完成情况这个硬性指标是没有谁可以反驳的。关键的政治思想、道德品质，评委会领导打分就是一个自己无法预知的指标。

叶副经理最后说："这件事对大家都很重要，希望大家吃透政策，对阶段性工作做好总结，下星期把评审职称申请交到办公室。"沉默中，外号叫彭大炮的同事接嘴说："我说两句，像我们这样的老职工，虽然文凭低，但是任劳任怨，为单位卖命，是不是就没有评职称的希望了？"领导没有回答，其他人也不出声，气氛凝重起来。他提的问题代表了 1/4 的老员工，也是最无可奈何的一群人。过了两分钟，经理沉重地说："这个问题我们也在考虑，只是每年名额就那么几个！"随后宣布散会，大家都站起身，满腹心事地往门口移，领导一走，同志们也三三两两地回到各自办公室。

顾琼他们财务室有8个人，从开始评职称以来的两年，评上的员工只有一个，每次上级公司下发职称指标都把财务科和统计科混在一起，就变成人都在，名额不在的情景了。

"一场没有硝烟的战争开始了。"李卫忠拉开自己座位的椅子说。回到办公室的同事们还沉浸在刚才的气氛里没有出来。不料消息最灵通的张永红爆出一个新闻："你们知道吗？从上级公司要下派一个副经理来，可能快了，就是这几天了。""是吗？"大家一下来了兴趣。张永红接了一句："一切皆有可能。"然后神秘地一笑。

一天下午，接近下班时间，办公室主任顺着走廊喊："大家会议室集中一下，临时开个会，赶快！"大家面面相觑，暗自猜测："新的经理要来了吗？是个老头还是个年轻人？德行怎么样？"

大家鱼贯而入，各自找到座位坐好，眼睛都不由自主地看向大门，不一会儿，跟在经理、副经理后面走进来的是上级公司总经理，总经理后面进来一个又斯文又帅的年轻人。不会吧？这就是新来的副经理吗？大家用眼神交流，眼里都是惊奇和开心。年轻就意味着新的思维、新的文化层次、新的工作方式，意味着他不守旧、套路少，真是一切都有可能。上级公司总经理介绍新领导名字叫陈超，毕业于某某大学，工作以来业务能力强，他带领的团队业绩排名全市公司三年第一，希望他的到来能够给我们带来新的提高。接着，新来的陈副经理发言，讲了一些常规谦虚客套的话。坐在顾琼旁边的李卫中悄悄地说："看着倒像是个好打交道的，应该还是可以的。"他旁边的老彭也小声应和："等他来改变新气象了。"

新旧领导的较量，大家都看在眼里。还好新领导占了上风，公司里的年轻人渐渐敢大声说话、敢发表有益于公司的意见。公司组织了打篮球比赛、唱歌比赛，出现了从未有过的活力。接着公布职称评定结果，被评上的两个同志完全在大家意料之中。只是大多同志已经没有像原来一样紧紧地盯着这件事了。

前半生的总结

一晃人生过了一大半，头发悄悄花白，行动越来越迟缓，忘性越来越大，曾经以为不可逾越的鸿沟、以为天要塌下来的事已经觉得无所谓了……

常常坐在书桌前，面对茶杯上袅袅升起的清雾、电脑上空白的 S 纸页面陷入冥想。一个普通得不能再普通的我，时至今日谈不上什么值得夸耀的成绩，只有一些酸甜苦辣和一些小小的确幸。

小时候常听要强的妈妈严厉地教训我："人活一辈子，一件事都做不成，就白活了。"小时候跟爸爸学做包子，怎么包都包不圆，总是露馅；跟妈妈学着腌酸菜，总是起白花；和好朋友一起学腌肉，总是坏了倒掉；洗碗总是把碗打碎；更要命的是，我数学怎么都考不好。权威的妈妈一脸恼怒地说："不知道你以后怎么过日子，是不是吃屎都要被狗推倒？"将来自己是不是吃屎都要被狗推倒？这个疑问一直隐隐地跟随着自己长大，这些耳提面命的话即是压力和负担，也是深入骨髓的激励。

于是变成了"一根筋"：一旦做了认定的事，往往忘情地投入，不问东西、不撞南墙不回头。记得那些年，单位要求从业人员要具备专业技术职称的政策。女儿才上小学三年级，为了自己的岗位稳定，每天打仗一样到学校接放学的女儿，然后马不停蹄地冲回家做饭。吃完饭收拾完，辅导完女儿做作业，把她哄睡已经是晚上 9 点多了。为了避开家里的杂事，她睡了之后，我又骑上摩托，到 3 公里之外的办公室去复习。一遍又一遍地看书做题，深夜 12 点骑着摩托车在大街上孤寂地狂奔。终于，我考取了全国经济师职称。拿到证书的那一刻，觉得一切忙碌、劳累都是值得的。

儿女是父母生命的延续，但是给了她生命之外更重要的，是培养她、扶她上马走上征途，让她的未来不管是对职业还是生活都有更好的选择宽度和高度。于是，对女儿的学习和身心成长的关注成了我此生第一重要的大事。

于是，我和女儿一起开始了不屈不挠的奋斗。孩子毕竟是孩子，她的自我控制力、克服困难的自觉意识、对外界的各种诱惑的抵挡能力都是十分有限的，父母的关注度和陪伴是她顺利成长的决定因素。

每天在风雨无阻中，从早上到夜晚的一天天中，在苦与乐中过了18年，直到女儿考取香港的大学再到墨尔本上研究生。看着女儿小小的身影独自拉着重重的两个拉杆箱登上去往墨尔本的飞机时感慨万千。其间的苦累忙碌无以言表：过去的20年即要管好女儿，又要工作上不落人后，还要照顾年迈的父母。过去没有时间回想，没有时间思考得失，凭着一股低头爬坡的牛劲完成了前半生的使命。

我们来到人间，殊途同归。精彩就是在有限的有生之年，最大程度地完成自己肩负的各种责任和使命。

后来有幸认识青年作家网的汪鑫总编、刘慧明主席，我开启了退休后下半生以写作为目标的生活。在写作的道路上，我战胜了孤寂和平淡无聊的生活模式，成为"青年作家网"的签约作家。2020年，我参加"青年作家网"举办的"七夕征文大赛"，作品《如果有来生》获得散文组优秀奖，2022年我的作品《蹒跚的背影给了老明无限的牵挂》，获得全国青年作家文学大赛散文组二等奖。2022年，我在写作技巧征文比赛中凭作品《阅读、坚持、深刻感受是写作的基础》获得优秀奖，成为写作讲师。2022年，我在"世界读书日"征文比赛中获奖。2023年，全国青年作家文学大赛中，我的作品《如火，如光，如水》获得散文组一等奖。2023年，第四届"中国青年作家杯"征文大赛，我的作品《图书馆，一个魂牵梦绕的地方》获得散文组一等奖。散文《父亲，我最想念的人》被收录在全国青年作家优秀作品选《花开四季》中。散文《如果有来生》被收录在全国青年作家获奖作品选《呦呦鹿鸣》中。后来，我还有幸成为《珠三角文学》的小说编辑。

回想往事，可以告慰自己的是：自己的努力和坚持有了些许成绩。接下来，要为完成自己的文学梦竭尽全力、努力拼搏，不论有无收获，只要专注、尽力坚守就满足了。

如果有来生

她以为此生再也与他无缘，就像阴阳两隔、生死相别。当手机里低沉地传来一声"喂"时，已隔38年，但仍如晴天霹雳，天旋地转间她无力站稳，顺势在街边的墙脚蹲下。街上很吵，此刻眼前走过的高跟鞋、白色运动鞋、铮亮的黑皮鞋瞬间都没了声音，好像突然之间变成无声的脚步。她将手机贴在耳旁顿了顿，问："你说什么？"电话传来涩涩的声音："你退休了吗？"她的眼睛湿了，咽喉里有些哽咽，好像自己一个人失散在荒野里，几经长途奔流终于遇见亲人一样：今天是她退休的第一天。他说："你还好吗？退休了心不能闲，一定要有事做，不管是大事小事。要不断学习成长，否则思想会脱离社会……"她木木地听完，已泪流满面。她静静地蹲在街边，回想着刚才的一切，直到晚霞落幕。

38年前，她插班到省城三中。他有一双闪亮的眼眸、高挺的鼻子、浓黑的剑眉，他就坐在她的身旁。只看他第一眼，她已脸红心跳到窒息。她每天早早到学校大门旁的自行车场，看他的绿色坐垫的自行车来了没；他每天提前到校，坐在座位上等她婀娜地走进教室。

她住在亲戚家，早出晚归。他从家里偷偷把卤好的鸡腿、大白兔奶糖分别用纸和手绢包好从桌子下递给她，然后装作什么事都没有发生，吹着口哨，开心地跑出教室。她从来没有享受过如此待遇，心底最温柔的一角被深深触动了。多少个夜晚她对着远处闪耀的车灯独自落泪，思念让她辗转反侧，夜不能眠。

图书馆、翠湖……有他们数不清的足迹和琅琅的读书声。天好高，云好淡，阳光好灿烂！日子好长也好短！他考取本省的一所大学，她却考取了老家的一所中专。

她永远忘不了那天，他母亲犀利而不屑的眼神，以教育局局长的身份冷冷地直视着她，一字一顿地说："我们家是书香门第，斌斌是我们家的独生子，他考上这所大学都是因为你的影响，但人生的路还很长，你们不要再互相耽误。希望这是我最后一次见到你。"站在他家门框边的她瞬间大脑一片空白，只看见他母亲在动的嘴，嘴唇很薄，嘴很大。而他无力反抗，只能拉着她的手夺门而出。站在熙熙攘攘的街上，她眼泪横流。他手忙脚乱地帮她擦眼泪，说："我妈就是这个性格，不要和她计较。"那一幕，对她来说已如五雷轰顶，半天都没有回过神来。

于是，他从省城往返于她所工作的县城。他们的关系一直维持，直到他被母亲威胁断绝母子关系。

他们的最后一面，她绝望地含着热泪跳上公交车，车发动了，她转头看见目送她的他已满脸是泪。

从此天涯路人，多少个午夜梦回，她坐在他自行车的后座，靠着他温暖的后背。

再次接到他的电话："我的时间不长了，来和你告别了。"接着，他发来医院的诊断书，上面赫然写着：脑瘤。日期是上次通电话的时间。

似乎什么东西轰然倒塌，她靠着街边的树，强忍悲痛，艰难地说："我能来看你吗？""不用了，听见你的声音就满足了，如果有来生，我们一定要在一起。"

她还没来得及告诉他：感谢他给了她刻骨铭心的爱！

深圳，一个都市新星

坐上昆明开往深圳的飞机，看着熟悉的昆明城，那在阳光下熠熠闪光的滇池湖渐渐变小，机舱照进的金色阳光，心里充满了幸福快乐，期待中的深圳就在不远的地方呢！

因为在文学大赛中一篇散文获得一等奖，接到"青年作家网"的通知，到深圳参加颁奖大会。因此，有了这一次深圳之行。能和获奖作家老师们欢聚一堂，这是多么荣幸的事，多么难得的机会。

深圳的地铁站和机场设置在一起，热闹非凡。光看地铁上的人就可以看到深圳大都市的包容性：地铁上有全国各地到深圳打工的男男女女，他们脚边放着大包大包的行李和生活用具，他们昏昏欲睡，随地坐在行李旁边的地上；站在身边一对小情侣，女生头发染成"奶奶灰"色，在白色羽绒服的衬托下显得有些辣眼，小男生帅气温和，一双大眼睛，人畜无害的样子，两人头一直靠在一起低声细语，就像站在枝头的一对小鸟，随口飘来几句英语。好吃惊啊，深圳这边英语这么普及啊！

一个看起来像白领的年轻女人，穿着咖色的裙子，高跟鞋提显得她亭亭玉立，她卷发披肩，大声打着电话："下午开会主讲是我们不是他们，你们布置会场鲜花不要只放主席台，进门大厅门口都要放，注意会场视频录制效果……"循着声音，人纷纷转头去瞄她，但她没有放低声音的意思。

两个一男一女的上班族在埋怨同事偷懒推卸责任，讲得热火朝天，语气激愤。

其他人站着发呆或闭目养神，各怀心事。

街头紧促的楼盘，高高矗立。深圳的马路还算宽，疾驶的大车小车非常多，整条马路川流不息。"美团外卖"小哥在人行道上急速奔跑，满头大汗。形状磅礴大气，有四节公交车长的有轨电车悄无声息地从身边驶过，我还以为来到了外太空。豪华高雅的大酒店向阳而立，看上去就让人眼前一亮。

傍晚，我到街上来找晚饭吃，各种味道荟萃于此，有湖南湘菜、有重庆小面、有云南过桥米线、有潮汕火锅、有昆明破酥包子、有东北饺子……那么多品种，我一下子都不知道吃什么好。犹豫半天，最后吃了个重庆小面，还是喜欢重庆的麻辣口味，吃得满头大汗的。吃完又舍不得店里凉爽的空调，赖在店里凉快够了才出来。

深圳的天空不是那么的蓝，很好奇地问出租车司机，在海边的深圳天空怎么没有昆明那么蓝呢？师傅回答：要到中午才会晴朗。

深圳极速发展，汇聚各路英雄：各地来深圳的高级人才、头脑灵活的捞金者、拖家带口的农民工、离家寻梦的青年，他们给深圳带来了勤奋和艰辛，也成为深圳建设的重要力量。

深圳不愧是包容性极强的大都市。

温暖的乡情

收到张林朝老师的《祖传》，我非常喜欢：古朴典雅的青灰色，悠远缥缈的山峦、屋顶，让人无限神往。全书有短篇小说21篇，都是简洁的两字标题，可见张林朝老师用心之深。每篇小说的人物刻画形象生动，不禁忍不住一篇篇读下去，在繁忙中放下一会儿，都牵肠挂肚般想继续读完，可见张老师这本小说有多么引人入胜，令人回味无穷。

张林朝老师写作功底非常深厚，叙述故事不紧不慢，娓娓道来，其中人物故事囊括了乡村生存环境中的方方面面，有的顺利和美，有的哀伤悲苦，有的跌宕起伏。通过张林朝老师高超的精妙的文笔勾勒，我们能在故事的叙述中感受到温暖的正能量和浓浓的乡土人情。

首篇小说《祖传》讲述中医世家孙家三代人尽心尽力为一方百姓看病。其间国家对民间医疗实行规范管理，所以被要求关门整改。在整个过程中面对外界不怀好意的传言和挑唆，祖父孙光济说："有理不在声高，公家的人说得在理。"表现出民医孙光济开明、开放的心态，积极配合整改以期取得行医许可证，合理合规合法经营。

《边界》讲述原本亲如兄弟的邓有福、邓有会因为3米宽的路面，从亲密无间的亲情到逐渐生疏，继而闹僵。说明人性中自私自利的一面，只要私心存在，必将导致不和谐。人与人之间是要多一分为他人着想的品德，多一分宽容理解，才会有亲情和人情。

《归途》围绕给父母过生日的三兄妹，讲述了历经3年，父母相继去世的过程。整个叙述细致、温馨，好像自己亲身经历一样。也让我想起父亲生命中最后的日子里，父亲整天坐在小区门口等待儿女回家的情景。张老师记叙了人生的无奈：父母在，家还在；父母不在，只剩归途。

《嫁妆》讲述深山中生活的赵有地一家的故事。如花似玉的女儿赵见男嫁到山外没有陪嫁的东西，只有家门口那个大磨盘做嫁妆。还好男方家也没有嫌弃，表现了人性美和亲情美。随着人民生活水平的提高，城里人前往村里旅游，那个大磨盘却成了赵有地家发财致富的宝贝。整个故事温馨和美，表现了新农村人民的善良朴实和对美好生活的期望，表达了浓浓的乡情。

《戒杀》小说讲述了马朝阳家因为儿子忌讳杀吃自己家的羊，从而走失。马朝阳从此踏上漫长的寻找儿子的征途。蹉跎的8年寻找让50岁的马朝阳变成70岁老头的模样。全家人也从此改变幸福快乐的日子，最后机缘巧合全家团圆。整个故事温情、细致、感人，犹如身临其境般跟随小说中人物命运痛苦欢笑。从此文可以看出作者叙述功力的深厚。

《垦荒》中主人公四嫂是一个普通的农村妇女，因为河滩上有一块空地。四嫂不顾家境还好的老公相劝，乡亲的误解而执着去开垦那块随时会被洪水淹没的荒地，几经波折终于有了收获。整个故事表现了四嫂代表的庄家人勤劳、执着、热爱土地的本性，正面歌颂劳动人民的朴实与坚忍。

《礼数》中所述礼数是中华民族美好的传统文化。书中记述五叔考上中师，毕业后分配至城市工作后，乡亲对他的崇拜和期盼。在所期利益的驱动下，礼数和礼物就变成了世俗换取利益的手段。我想作者要表达的是五叔作为村出去城市发展的人，没有忘记乡民、乡情，是一个值得信赖的有文化的知识分子的代表，圆润的结尾表现了乡亲的真善美。

《路口》这是一个辛酸而悲伤的故事，贫穷的张兴发因为节约钱，侥幸认为自己那辆二手电动车还可以坚持一下，不想却亲自撞死了母亲。自责和痛苦将伴随他的一生。

……

张林朝老师整本书所述故事有着浓浓的时代气息，随着故事人物的酸、甜、苦、辣而悲而喜，让读者沉醉其间、而意犹未尽。

祝愿张林朝老师再创佳作，感谢他带给我们的美好文学欣赏盛宴！

清新淡雅，暗香来

——有感于谷万华老师的《山谷那边》

每天在锅碗瓢盆，买菜算账的忙乱中度过，可是心里一直默默惦记着好姐妹谷万华老师的新书到了没有？

盼望已久的念想终于实现了。那个风和日丽的初冬早上，快递小哥气喘吁吁地送来谷老师的新书《山谷那边》，崭新的翠绿的封面让人眼前一亮，自己梦寐以求的出书梦，谷老师实现了，好开心！

这是一本清新淡雅的文集，是"青年作家网"总编汪家弘主编的"梦想树文学丛书"中的一本。封面上有谷老师的4句温馨的话语："在那明亮妩媚的春天里，在那金色灿烂的光辉里，我们要永生永世相守，我们要永生永世相依。"读罢已感动万分。

谷老师的《山谷那边》共分三个部分：第一部分为诗歌，第二部分为散文，第三部分为小说。

和谷老师认识，是去年一起参加"青年作家网"河南三门峡采风。那天下了高铁，在深秋冷清的广场上，我遇见了谷老师。谷老师如我想象的那样谦虚、和蔼、随和。素不相识的我们一路上张望着不熟悉的街道，摸索着，打车到预订的酒店。这一路，我们一见如故，就像前世的姐妹。

手捧谷老师的新书，仿佛见到了谷老师本人一样亲切自然。每次打开书找到还未看到的那页，都意犹未尽地向前再搜寻，再看一看前面的。特别是《亲爱的宝贝——写给女儿》，从孕育女儿开始，到女儿考上北京大学，整个过程充满殷切的深情的母爱，那种骨肉相连、相依相伴、相亲相爱的感情，无不让人为之动容。这也让我想起我的女儿，勾起我对女儿的思念，几次让我热泪盈眶。

读到《老周》，老周是一个平凡普通的人，如我们周围的邻居一般，因为热心善良介绍乡亲儿女成婚，却遇上了骗子，因此闯祸，远走他乡。

老周查出胃癌后，乐观通达地面对疾苦，不改初衷，依然热爱生活，热爱家人朋友，乐观地传递快乐。老周躺在病床上，看看女儿女婿忙前忙后，他感觉自己是个有福气的人。这样乐观积极的心态，这种知足常乐的精神，让我深深地发自内心地感到敬佩。

《老三》中，老三的一生是曲折悲伤的一生。先前，他的小家庭美满幸福，老三任劳任怨，整天乐滋滋地忙前忙后，嘴里说着逗乐的笑话。只要他在，朋友们就兴高采烈，兴趣盎然。这样一个好人却遭遇了妻子的背叛。老三痛苦地爬到山顶，想跳下去一了百了。谷老师笔触贴切、细腻。读罢几次，我对老三的悲惨命运欲哭无泪。这篇文章反映了普通人生活的不易，面对磨难我们应该用什么心态去努力应对。

谷老师笔触细腻，字里行间渗透着善与爱，朴素地真实地反映着她对弱者的同情，以及对恶的鄙视。

清风山谷来，枕边有山谷。谷老师的作品就放在我的枕边，她带给我心灵的宁静和升华。在此，祝谷老师未来有更多好作品呈现给大家，再次带领我们进入文学盛宴。

我的烹饪学习经历

开启新的征程

退休以后，我的生活陷入空寂，每天就是睡懒觉、追剧。早上一起床就把电视打开，将四肢放舒服，一集一集追到深夜，这才想起肚子还空着，下楼找点吃的。一天一天这样过着，不知不觉已经过去两个月。突然有一天，我站在镜子前，这是谁啊！面色灰暗、眼神迷离茫然，披头散发，穿着睡衣，好像精神病院跑出来的。突然意识到再这样下去就完了，就到抑郁症的边缘了。

于是报了成都新东方烹饪学校。

飞机一落地，接机师傅的电话就打来了，会摆"龙门阵"的城市不是虚名，一路上司机侃侃而谈。四川人朴实、健谈、随和，话语里没有试探和不屑，好像我是他多年未见的老朋友。

报到处领生活用品：垫棉、被子、蚊帐……宿舍里有 8 个人，只有我是 55 岁，还有一个是女儿上小学。其他的都是 20 多岁的小女孩。我学中餐，有一个学早餐，有两个学面点西餐，其他人学火锅、甜点。8 月的成都很热，我汗水不停地流。每个人床上都有一台电风扇，对着脸吹一夜到天亮。

第一天上课，一大早，全校师生按班级在操场上集合，不同颜色服装代表不同专业，黄色是经典大厨，紫色是烹饪精英，红色是经典中餐……大多数人是风华正茂的青年，我们短期班穿着白色衣服，大多数是中年人。班主任点名，然后做自我介绍：有到成都旅游的大学陈教授，有在北师大任教的美国人杜博士，有南京退休医生老赵专门来学川菜，有才考完大学没事做来学厨艺高中生，有退休闲下来学做菜的美丽空姐，有放假期间爸爸送来磨炼意志学习的 12 岁小学生。河南的周艳红是请公休假专门来学习的，江苏的毛师傅有 60 岁了，他跟我一样是退休后，纯属爱好做菜才来的，17 岁的小吴是被妈妈逼来学的。

这时广播里传来校长的训话："到现在还没有到操场上集合的，是不是要到床上去请你们起来？311 宿舍门为什么是锁上的？里面有什么不能让老师检查的吗？衣服穿好，帽子戴好，这是厨师的标志，不要将帽子戴得像济公一样。实在不听的重新军训，合格再上灶！"

我们中餐班班主任陈老师一走进教室，扫视了一下全班，说道："我们这个班是 3 个月短期班，最小的 13 岁，最大的 65 岁，各人经历不同，所以说话要注意，你们中有来自江苏的、河南的、云南的、北京的、成都的、沈阳的，还有美国的，大家都是因为对美食的爱好才来到这里。要好好相处，这是大家的缘分，要懂得珍惜。"

突然，老师走到了我的面前，问："你穿的是裤子还是裙子？"我慌忙答："是裙裤。""哦，规定不准穿裙子、凉鞋，否则在做菜的过程中会被烫伤。"老师补充道。吓我一跳，一来就被点名，现在自己的身份是学生，不是退休职工了！

第一节课学做甲鱼汤。老师在黑板上一项一项讲主料、配料、调料、注意事项、操作流程。我们认真做笔记。讲完，陈老师开始实际操作，不明白的人立时举手就问。气氛好热烈，黑板前的天然气炉火在跳跃，油、盐、酱、醋在交替下锅，大勺在老师手中挥舞，抽油烟机轰鸣。从前坐在办公室里，对着电脑静悄悄的几十年，现在来到这热火朝天的氛围里，好像梦境一般享受和快乐！难道自己前世是个厨师？

下午每个学员按坐序上台实际操作，班长领来食材，挨个儿发鱼、姜蒜……"再给你一条鱼！"班长把发剩的鱼递给我旁边的同学，他连忙摆手，说："不要了、不要了，我的够了。""我要，我要。"我忙接过来，心想：如果前一条鱼没有做好，还可以重来一次不是？

杀甲鱼的同学不会杀，沉吟了一下，趁着甲鱼头伸出来，快速猛地剁了一刀，甲鱼头被整个剁了下来，女同学吓得尖叫，四散逃开。

下课，隔壁班的学员从另一间教室端着炒菜出来，来到我们班，他们今天是学习炒猪肝。小伙满脸兴奋地说："你们帮我尝尝，行不行？"大家拿出胸口上别着的筷子迅速品尝，有摇头的："有点咸了。"有点头的："不错，可以。"小伙不甘心地说："我给宿舍的弟兄们尝尝去！"

全部同学炒完，各自把自己的作品放在各自的桌子上，老师一个一个品尝，说出问题在哪里。同学们又开始相互品尝。尝来尝去把晚饭也省了。

晚上回到宿舍，妹妹们都躺床上，一起七嘴八舌地问："阿姨，你是学什么的？从哪里来啊？""阿姨你是不是不好爬上去哦？要不我跟你换，你来住我的下铺，小周还有两天就学完回去了，她搬走了我再下来。"小张一脸清纯地看着我，满脸真诚。她这个爽朗的川妹子，让我好一顿感动，暗下决心一定要好好待她们，要珍惜这份温暖。

漂亮的小刘问："喊你阿姨还是姐姐？""我退休了肯定是阿姨啦，但是你们还是喊姐姐吧！"对床的小青夸张地惊呼："你从云南来啊，好远哦，你好厉害哦，你们那里有大理、丽江、西双版纳，我都没有去过啊！"她充满羡慕的小脸，把我逗笑了。

接着几天我观察她们都是来自农村或乡镇，经济都不是那么宽裕，我悄悄把缺的手纸、洁厕净、衣架、洗洁精这些买回来放在卫生间让大家公用。她们每天做的糕点、烧烤、甜品饮料也会带回来给我，我也把每天做的菜带回来给她们，为她们省下点伙食费。

每天踩点来上课的美国人杜博士满头大汗，自顾自弓腰勇猛地走进来，背上背个大包，一边走还一边看看老师的脸色，外国人深陷眼眶的大眼睛眨巴眨巴的，显得他还有些羞涩。我心想：外国人也会察言观色？课间休息，我问坐在我前面的杜博士："你能听懂我们的话吗？""我基本能听懂，但是写起来就有些难。"我再问他："听说你们外国人最讨厌别人夸你们鼻子高、眼睛大了？"他盯了我一秒钟，看我不是逗他才认真回答："鼻子是高了点，有时候影响视线，我倒是比较喜欢你们东方人的长相哦。"哈哈，人真是缺什么想什么，我就想有个高鼻子、大眼睛，可惜没有！

坐在杜博士旁边的刘秀捂着嘴指给我看杜博士的笔记：应该是把虾脚剔除，他不会写这几个字就画了一只虾，虾旁边画了一把刀，虾脚用红笔圈起来；他想写"口感是什么？"口字他想不来就用红笔画了一个红唇。大家看到他的笔记，笑得直不起腰来。

辽宁的那个高中学生问我："你们云南上班是骑大象吗？"我点头，说："我们每家都骑大象上班。"旁边贵州的小郭听到后笑弯了腰。

周末我叫上宿舍的妹妹们去逛春熙路，他们在成都几个星期还没有去过。春熙路热闹非凡，我给大家每人买了一瓶冰饮料，央求半大她们才肯接住，请她们去馆子吃饭也只吃小吃，没有办法只能依她们。遇上一家阿迪达斯运动品牌店，里面的运动鞋打折，我看小邱左看右看那般喜爱，不禁说："喜欢就买嘛。"她沉吟了下说："我只有300元了，还要用一个半月呢！以后再买吧。"这句话让我难受起来：300元对于我们来说一下就用没了，可是她们要坚持那么长时间。我赶紧说："你穿多大我买给你。"她们一起拉上我就走，不让我买。

班主任陈老师

班主任陈老师穿着白红相间的厨师服走进教室，一看就是标准的大厨师：圆润的脸胖乎乎的，眼神机灵、干脆利落。下嘴唇比上嘴唇长些，后来想那是因为经常尝菜形成的。他当兵出身，雷厉风行不拖泥带水。见他圆润的脸上似笑非笑，大家就知道他有话要说，立即鸦雀无声。"从今天开始，凡是走读的，周末必须在家做3道菜发朋友圈，我看你们偷不偷懒。"陈老师点了点前排的高中生和戴着眼镜的斯斯文文的大学生同学，"你们要自己想想，父母给你们交钱来不是来这里玩的，要对得起交来的学费，要比来之前有所区别。可能你们觉得交那点学费无所谓，但是我有所谓，你们来了没有成绩是我的责任。告诉你们不好好学要朋友都不得行，女朋友生气了，拿不出个名堂来哄，别人做几道好菜就把女朋友哄巴适，你们干瞪眼，谈朋友都难。吃是人生存的第一必要，也是一大乐趣，没有吃的乐趣，你的人生缺一大半。"此刻，陈老师白净的脸上闪着负责任的光辉，朴实的话语至今还在耳边回响。是啊，没有吃的幸福，人生有多么苍白。

"今天老师心情不好。"大家悄悄嘀咕。果然，陈老师的警告又来了：

"谁在走廊上抽烟？你们不想太平了？给你们说了多少次，除了灶上有明火，其他禁止用火，到处都是液化气炉子，出事谁负得了责？抽烟的人下课自觉到我办公室来！"男生们你看我，我看你，都不敢吱声。

"好了，接着上课！"陈老师收住话题。正式上课。"今天我们学的是清蒸鲈鱼，主料是××，配料是××，调料是××。"陈老师是个真正的大厨，抑扬顿挫间介绍主料是高音，配料是低音，调料就叫大家根据主料自己说他纠正。按他的话说就是看看我们有没有悟性。这些材料的字眼，陈老师是一字一顿喊出来的，有时故意说错配料停下来看大家反应，一看没人反对，陈老师故意生气说："清蒸菜能放豆瓣酱吗？"哦！同学们恍然大悟，是啊！清蒸怎么能放酱呢？这就让我们记住了清蒸和爆炒的区别。

来自杭州的小周是个坐办公室的白领，白白嫩嫩，娇滴滴的，每次上灶慢条斯理的、她的座位上桌子上都要铺上纸才肯坐。小郭行动起来磨磨蹭蹭的，陈老师默默地看了一眼，道："厨师就不容你拈轻怕重，穿着那件高温下的厨衣就像战袍，刀、勺、水龙头就是手中的武器，大火、小火就是我们的朋友，战场热火朝天，容不得你怕脏怕热，这些是天敌，等你满头大汗端出心爱的菜肴，看着家人朋友吃在嘴里，脸上是心满意足的表情，才体会人生的幸福啊！"只有真正发自内心热爱厨艺的人才有这深刻的感悟，才有这般有灵有魂的话语。我不觉对陈老师肃然起敬！责任和师德是老师的灵魂，这里教的是生活、是生存的能力，人活在世上最根本的爱。

学校操场上大大的场地分成3块。一个方块有40个炉架，上面是炒锅，一个方块是练刀功的台架，一个方块是雕刻展台。每天操场上集合点名完毕，太阳刚刚升起，老师有节奏地击鼓："一、二、三！"齐刷刷地40多口锅里的玉米有节奏地翻锅。气势就像古战场，顿时让人热血沸腾。另一个方块队是刀功，学生们面对自己案板上白萝卜、红萝卜，目标是要将其切到头发丝般细的程度，案板上刀起刀落；另一方块学生在用萝卜雕花，雕刻出花朵、云彩、仙女……如此朝气蓬勃的场面抚慰着我渐渐苍凉的内心：只要坚持做着热爱的事，总会在做的过程中收获喜悦。

收获

我在这里学会了 75 道菜：蒸菜系列的糯香、爆炒系列的爽辣、炖煮系列的清淡养人。虽然离大厨级别还远，但是懂得了中餐的基本原理，认识了所有的调料，分清了蚝油和酱油、大葱和小葱的区别，知道了川菜的灵魂红油的制作……

我认识了好姐妹，美丽的空姐阿雪，记得她给我普及的航空业知识：空姐们平时对脸部的保养、身形、站姿的要求；为了安全起飞，飞机维护人员要在起飞前做第一次检查，机长自己还要做第二次检查……

另一个师弟小王在微信群里告诉大家，他在泸州的火锅店开张了，邀请大家去帮忙；小张打电话告诉我她找到工作了，在一家烘焙屋，包吃包住工资有 3000 元；另一个好姐妹发视频告诉我她找到一份月嫂的工作，她女儿的学费有着落了；我宿舍的小周在她老家开了家早点铺；小曾已经回到县城家乡开了川菜馆，让大家去捧场。

我云南老家的闺密一遍一遍打电话来催我："你要回来了吗？我们等你回来撮一顿啊。"回到了家乡，去亲戚朋友家挽起袖子上灶就成了我的专利，邀请我去他们家吃饭的电话连绵不断。

文学是火源、光源、水源

苦涩的青少年

1973 年，长音还是准备上一年级的小女孩。爸爸妈妈响应国家号召分别从昆明和楚雄一起到距离省城昆明 137 公里的深山里建设三线厂。因此长音与爸爸、妈妈、弟弟结束了长期两地分居的生活。也许现在已经没有多少人知道三线厂的生活了，但是对长音他们一家和厂里 1 万多职工家属来说，那是几代人艰苦卓绝的特殊日子。

爸爸妈妈是第一批到达基地建设的职工，因为爸爸是运输科的采购员，妈妈就跟随爸爸带着长音和弟弟也来到了基地。妈妈是老师，那时学校还没有建成。所以，长音和弟弟与其他首批到的小朋友只能在荒地里玩。

记忆中那时的家是由草席和牛毛毡、木板搭成的。邻居间的隔墙是草席子挂着随便遮挡一下。邻居们没有秘密，隔壁的小凤、小妹、小眼睛玩躲猫猫不用出门，就可以掀开草隔帘，从第一家跑到最后一家。那时，吃饭时候好开心，每家都把小饭桌搬到屋外的空地上，说笑间，筷子从这家夹到那家，品评谁家手艺好。有时还几家人凑米凑油在某家搭伙。

爸爸几乎不着家，和驾驶员四处跑，拉回建房子的木料、砖瓦、生活物资……

第一批建好的是食堂和学校，平房一排一排青瓦红墙，与家属区的草屋、土基房相比显得豪华很多。一下雨，黄泥巴附在脚上有几斤重，随处找瓦片刮掉脚上的泥坨，快感满满！

开学了，妈妈教高年级，长音上一年级，弟弟上学前班。每天早上，妈妈一边吆喝着"起床了",一边做早饭。那时买不到吃的东西,天天吃汤泡饭,再配点咸菜,时间久了吃得想吐。有时候姐弟俩偷偷把饭倒给那只大花公鸡。

家离学校走路要10多分钟,吃完饭,长音和弟弟一路小跑,沿途是邻居们种的各种蔬菜。因为等待爸爸他们行政科到其他地方拉菜回来卖是等不了的,而且那时候其他地方蔬菜也非常缺乏,要绕很多地方才拉得满一车菜回来。所以每家都学着种菜,一路绿油油的各种菜已成规模,水潭里已有鸭子悠闲自得地散步了。

长音和弟弟最开心的就是爸爸回来时。爸爸一回来就会把弟弟高高地举在头顶上,给长音带回红头绳,带回漂亮糖纸包着的糖果,还有难得吃到的鱼和肉。过年一样美味的日子左盼右盼。没有几天爸爸又出差去了,日子又过回原来的样子:妈妈提一大包学生的作业回来批改。长音和弟弟吃完饭悄悄在小方桌上做作业,然后洗脸洗脚睡觉,妈妈是什么时候睡觉的,他俩并不知道。月光明亮地洒在窗帘上,外面小朋友们嬉笑打闹、做游戏的笑闹声传进家来,长音和弟弟躺在床上猜声音里都有谁?他们在做什么游戏?谁耍赖了?

突然一天深夜,长音和弟弟被摔东西的声音吓醒。模糊中听见妈妈大声哭喊道:"你回来做什么?不是因为你,我会来到这个地方受这个罪?""小声点,把孩子们吵醒了!"原来是爸爸回来了。弟弟和长音兴奋得一跃而起,准备冲出去。妈妈推开门厉声道:"睡觉了,起来疯什么?"他俩万分不舍地缩回被子里。"离婚,明天早上10点厂办见,不去的不是人!"妈妈靠在门框上,一边哭一边继续说道,"当初就是被你骗的,我眼睛瞎了找了你,不因为他们两个,我早走了,早离开这个穷山恶水的地方!"爸爸沉默着,每次出现这个状况,爸爸从来不出声,手里不停地找着家务事做,似乎在忏悔、自责把妈妈带到这穷山沟里,自己还整天在外出差,顾不了家。可是长音发现爸爸好多次背着妈妈一声声地叹息,泪流满面。这风雨飘摇的家啊,让长音和弟弟胆战心惊。

孤独的时候,长音唯一的安慰就是趁妈妈没有下班回家,把妈妈的那些书偷偷拿出来,有《红楼梦》《三国演义》《欧阳海之歌》《三家巷》《少年文艺》和各种手抄本小说，坐在家后面的桃树下，沉迷于阅读中。跟着书中人物的命运起起落落，这时长音才觉得家里的吵闹声渐渐远去。阅读像麻醉剂，减轻了长音那个年龄承受不了的悲伤和绝望。

颠簸的青春岁月

爱，像夜空中的明灯，出现在长音孤独悲苦的青春中。涛明亮智慧的眼睛让长音每次见到都晕晕乎乎，久久不能平复激动的心情。

一天中午刚放学，同班的涛拿着用手帕包着的一包东西，跟在长音后面。一出学校大门，他便悄悄说："生日快乐。"长音一转身，涛将那包东西塞给长音就跑了。长音打开，原来是一只卤好的鸡腿。长音愣住了，他怎么知道今天是自己的生日？也从来没有人这么关心过自己，从未吃到那么好吃的鸡腿。

这以后涛常常把家里的大白兔奶糖、鸡蛋、鸡腿、鹌鹑蛋悄悄放在长音书包里。从那个时候开始，长音感觉到自己不再是那么孤单了，对周遭存有的莫名恐惧感一天比一天少。

学习是他们形影不离的借口。公园里、图书馆、学校后面的小山坡都是他们学习和玩耍的地方。

没有了责骂，没有了硝烟。对妈妈怒吼的恐惧、爸爸无限忍让的哀伤，那鸡飞狗跳的日子似乎离长音远去了。长音以为将来与涛就是这样在铺满阳光的日子里走下去了。

这段门不当户不对的恋情好像大逆不道一样。当领导的涛的父母，听闻后坚决反对：小县城的土丫头怎么可以和他们的独生子谈恋爱？于是他们从地面转到了地下，每天都在独木桥上走，脚底是万丈深渊。

高考终了，他们没有考在同一个城市的学校。短暂的相聚，长时间的分离，使得这份感情越加珍贵，也更加扑朔迷离。无数个周末，长音坐在学校的小树林寄情于心爱的文学。两情若是久长时，又岂在朝朝暮暮。读琼瑶的《窗外》《我是一片云》《青青河边草》《梅花烙》；读三毛的《梦里花落知多少》《撒哈拉的故事》《哭泣的骆驼》，使长音更坚定不移地相信这份感情。每个故事好像是给奄奄一息的长音输入一滴滴鲜活的血液，对离别的恐惧，在一个个故事里得到了缓解。

毕业后，长音被分配在边远的小县城，涛被分配在省城。200多公里的距离路远迢迢。预感要失去爱人的痛苦，日日缠绕着长音，她挣扎着。曾经清晰可见的英俊的脸庞变得模模糊糊。现实的疼痛时时刻刻如细虫啃噬着长音的心脏。

长音常常梦见自己站在雪原上，远处黑漆漆的树林如一群站立的虎视眈眈的猛兽，长音声嘶力竭地呼喊着涛的名字，可是没有应答。终究还是失去了。

多年的坚守化为泡影。唯独阅读和写作陪伴着长音。在阅读和写作中，现实的痛逐渐变薄、变远，词句间特有的细致和体恤滋润着长音疼痛的冰冷的躯体。慢慢长夜，孤灯残影下，读和写一天一天陪伴着长音。这份真诚而坚实的陪伴换来长音的文章刊登在了市县级报刊。看着自己一天天有了成绩，长音渐渐地从绝望里看见了亮光，体会到了独立于世的坚强、豪迈。小县城里的人都知道长音常去邮政局取稿费，长音也因此赢得了好多朋友，还有单位领导从漠视到赏识的目光，更让长音知道爱情只是生活的一部分，在这五彩缤纷的世界里，还有比爱情更宽广的千万条实现自身价值的道路，如此生活才有意义。

婚姻并不是港湾

也许长音对于婚姻的期盼开始就是错误的：既然用命去爱也爱而不得，那随便和谁都一样。小县城的风俗，到了28岁还没有结婚，就是有问题了，不是生理问题就是心理问题。为了不被指指点点、说三道四，长音在一群追求者里挑了一个起码看得过眼的，似乎真诚，似乎可以走下去的他。第二次见面，他就找到民政局的朋友，二人领取了鲜红的结婚证。证上是一个不熟悉的熟人，他微微笑着。长音想，以后就是与这个亲人柴米油盐走下去了。长音有了一些安慰，也有一些茫然。

很快，长音发现他是一个极具传统的北方大男人，就是俗话说的"油瓶倒了都不扶"的男人。一开始，长音想多说几遍，引起他的关注，后来发现，他只是默默听着，眼睛却盯着电视，不发表任何意见。长音再说，他就会说："烦死了，不是这疼就是那痒。不高兴的事不要拿回家说！"然后就没了下文。慢慢地，长音变得哑口无言，任何委屈、痛苦、劳累只能往肚子里咽。长音又过回了孤单寂寞的一个人。看闺密们和老公心心相印、耳鬓厮磨的样子，长音悄悄告诉自己：不用靠任何人，只有自己是自己的依靠，自己才是自己坚强的后盾。

女儿的出生让长音有了深深的依恋。寂静冰冷的家顿时如沐春风暖阳。照顾女儿和写作成了长音赖以生存的精神支柱，女儿成了此生的最爱。通常家务做完，长音把女儿哄睡着，安置妥当，就骑上摩托车到单位办公室读书、写作。漆黑的窗玻璃上长音聚精会神的身影仿佛回到 10 年前高考的夜晚。深夜 12 点长音骑车狂奔回家，耳旁凉风习习，出租车呼啸而过。这时狄更斯的《大卫·科波菲尔》在长音脑海中浮现出来：大卫母亲去世，不到 10 岁的大卫被后父送去当童工，洗刷酒瓶，过着不能温饱的日子。最后大卫历尽艰辛在另一个城市找到远房亲戚姨婆。早上雾气重重中，姨婆从窗子看见穿着破烂的小小的大卫，惊叫着出来抱起大卫。每次想到这里，长音就热泪盈眶。悲惨的大卫终于找到疼爱自己的姨婆，大卫有了温暖的家。

常常凌晨 1 点还在打麻将的他还没有回来，女儿已熟睡，长音静等大门打开的声音，可是没有，他是什么时候回来的，长音一直不知道。孤灯里，长音无数次想：结婚对于自己意义何在，想来想去就是有了宝贝女儿，听话乖巧、学习努力的女儿是长音最大的安慰。早上 6 点半，长音催促女儿起床、吃早点、骑摩托送女儿到学校。中午接回家、急忙做饭、午睡，又急忙送到学校，晚上下班又接回家、做饭……

回想自己的婚姻，长音总是检讨是不是自己要求太高、说话尖刻。无数次想沟通，看他依然故我的样子，长音知道自己想多了，自己的生命形式就是如此，抱怨毫无意义。

于是长音把工作和带女儿之外的所有时间、精力沉浸在文学中。读到叔本华的《叔本华论道德与自由》指出，人的行为只有三个推动力：希望自己快乐的利己心、愿望别人痛苦的恶毒心、愿望别人快乐的同情心。《忏悔录》是卢梭的自传体写作，书名是忏悔，实际是控诉、呐喊，愤怒地揭露社会"弱肉强食"、强权即公理的现象。余华的《活着》以其简洁的笔法，曲折的故事情节，让长音着迷得一边读一边背诵默写。《傅雷家书》是傅雷夫妇写给儿子傅冲和儿媳妇的家信集。家书贯穿12年，从文化知识、健康礼仪、做人，到国家民族荣誉感。读到这些大家的名著，让长音找到深刻的生命的意义。

对文学的热爱，痴迷，仿佛在黑暗的深夜里，长音凄厉的呼喊有了回应。文学带领着长音离开柔弱、伤痛、孤独无依，漠视现实中的刺痛，就好像在长音的头顶上打开一扇属于自己的天空，如清风朗月，如陈年老酒醇香四溢。

如今已到两鬓斑白，女儿已经在国外工作，满墙的书籍，就像千万个智者、千万个老朋友专注地、静静地、温暖地陪伴着长音。如今，长音成为签约作家、社团写作成员、公众号文学编辑。

文学是长音生命中的灯塔，救命恩人！没有文学的启发、文学的带领和陪伴，不知道长音如今会是什么样？或许沉沦在痛苦边缘起起伏伏？或许随性失去自我意识流落于俗事混吃等死？或许长期无法宣泄导致生病在生死线上挣扎。

文学是火，是光，是水！

文学是我永远的追求和梦想

记得我的文学启蒙是在四五岁的时候，我经常趴在外婆的膝盖上，听外婆讲故事。外婆讲得最多遍的是：七仙女下凡与董永结为夫妻，被玉皇大帝得知后，命令七仙女立刻返回天宫。七仙女在槐荫树下与董永生离死别，树干变成张牙舞爪的人脸。

我很小就对树精变成人有了无限恐惧的想象。长大后接触了文学作品才知道，外婆讲的是神话剧《天仙配》。上小学时还看不全字的时候偷偷看母亲订的《少年文艺》《外国文学》，长大点儿看《水浒传》《红楼梦》，似懂非懂地偷偷看完。不爱学习考试，钻头觅缝地看闲书，不知道挨了母亲多少顿打。可是我也对文学有了最初的神往，也因此种下了文学的种子。

我干了30多年的会计工作，每天和数字打交道，要求必须精准，容不得一点大意和马虎，否则会账款不平、错账、串户。这种特殊要求与文学的感悟想象、不能打断思绪的特性有着天壤之别。常常困惑于两种思维中，也难于坚持长篇幅的写作。有时候很痛苦，懊丧于当年没有读中文专业，而是读了个现实的会计专业。好在对文学的热爱已经深入骨髓，因此时时注意观察，注意收集资料，也不断地阅读名家名作，记录读书笔记和感想，不断地学习、积累、掌握写作知识。

除了对阅读的坚持，我平时还积极参加曲靖市文学社团的读书活动、文学讲座，从前辈那里近距离接受难得的学习机会。我也一直坚信，多读、多写、多练、多修改，必定有所收获。在过去的岁月中无数次文学的感恩和对文学的热爱，救我于水深火热中。

记得第一次投稿，把写在纸上如豆腐块般大小的小文章寄往《春城晚报》。那是 40 年前，我还是一个青涩的高中生。带着希望和美好的文学幻想，每天兴高采烈，等着报社的消息。也许是我运气太好，第一次看见自己的文字在报纸上变成了铅字。兴奋地喊上好朋友飞奔到附近的报刊亭买了几十份当天的报纸，狂喜地发给同学们，一路上的快乐至今仍然意犹未尽。

毕业分配到吸一支烟就走完的小县城，孤独和寂寞像蚂蚁一样在心里游走。常常面对夕阳西下，金色的晚霞透过窗帘照进来，陪伴自己的是文学的梦想和依赖。如饥似渴地看叔本华、尼采、欧·亨利、西格蒙德·弗洛伊德、三毛等大师的名著……边看边发呆，一坐一整天。寂寥的日子在不知不觉中充实地过去了。

再后来初恋的他走了，铭心刻骨的爱从此消失了。在那段一生中最困苦的日子，以为天塌了，以为心死了，以为将来我就是行尸走肉了。是三毛与荷西的故事深深地吸引着我，激励着我一步一步走出困境。我想我也能遇上像荷西那样的男人：三毛说想去撒哈拉沙漠，荷西就先行到撒哈拉等待三毛的到来。三毛第一次深夜对熟睡的荷西说"我爱你"，荷西一骨碌爬起来，那样深情的爱能让熟睡中的人有这样的心灵感应，感动得热泪盈眶。通过他们的爱情，我也明白了爱情真正的样子是什么，然后一点一点地释然了。

黑格尔"存在即合理"这句话解释是：合理就是存在的，存在就是合理的。凡是已经存在的，就有其存在的理由和原因。于是，我对所有不公平的人和事有了宽容和理解，也不再纠结于情绪的起伏。不是吗？头顶上有无垠的天空，它可以包容一切。

看见史铁生独自落寞地摇着轮椅在地坛一坐一整天，思考着生和死的问题。他的母亲怕他出事，又怕他发现，悄悄地跟在他后面，抑或满院找躲起来的他，有时候他一转身发现母亲躲在树丛里。母亲对他的担忧和无措，让她承受了多少不安和痛苦。也只有母爱可以如此无私无畏、无欲无求。

斯蒂芬·茨威格的《一个陌生女人的来信》，让我明白了爱的付出是纯洁的，不需要回报的。

这些文字一天天照亮着我的人生，抚慰着我内心的荒凉。于是，我在女儿远去墨尔本、家中只剩下自己的时候，重新捡起热爱的文学写作。面对从心里流淌出来的每一个字，就好像看见自己的老朋友，仿佛自己的另一个女儿又来到了眼前。不管风雨、黑暗、清冷、孤寂，有了文学，自己从此不再孤单、寂寞。文学陪伴我走过冬夏，走过四季，满怀期待地迎接未来。

我的写作技巧

——阅读、坚持才是写作的基础

我是怎样走上文学之路的

我的文学启蒙最初是外婆在原故事情节上自己编排，学《天仙配》中的老树精说话。而且每次我和弟弟趴在外婆膝盖上听她讲故事的时候，都是晚饭后黄昏中天色渐渐黑暗下来的时候。我们睁着惊恐的眼睛，又怕又想听，催着外婆："你讲嘛，后来怎么样了？"外婆学着树精，挥舞着瘦瘦的手臂的样子，让我陷入好长时间的恐惧中。

外婆讲的故事，渲染的神秘恐怖状态，让我知道除了眼睛能看见的固体的物质外还有想象中的它们：桌椅、床、门、树、天上的神仙，他们也有自己的态度和心思，他们也有要表达的欲望。

后来迷上了一尺长的珍贵的收音机，它会准时播报："小喇叭开始广播了。"母亲对我极其严厉，但是对我收听"广播剧""小说连播"等节目倒很宽容。妈妈自己也非常喜欢，所以让全家人都参与。我和弟弟也敢明目张胆地端着碗，盛好菜跑到妈妈的卧室里，一边吃饭一边竖起耳朵听着收音机里传出来的美妙的声音。细细想来，那时是童年时期最开心、最幸福的时候了。

实际上妈妈也是妥妥的一枚文艺女青年。记得小时候，我们家阁楼上有几个大箱子，里面收藏着《欧阳海》《烈火中永生》《红楼梦》《三国演义》《西游记》等书。妈妈晚上睡觉前必定捧一本书看着看着就睡着了，呼噜声从盖着脸的书下传来，灯未关，我悄悄从床脚爬起来，帮妈妈关灯。

记得高考已临近，我的《红楼梦》还没有看完，一边是那么多高考模拟题等着要做、要背，一边是迷恋着黛玉和宝玉见面的情景。悲伤着他们的悲伤，开心着他们的开心，为他们为什么那么弯弯绕绕心急如焚，喜欢就直说呗。急不可耐的我将书放在胸前，前面竖着课本，火急火燎地偷偷看小说，混过了妈妈的火眼金睛。过了不久还是被妈妈察觉。一天妈妈忽然冲到书桌前一把夺过我面前竖着的课本，《红楼梦》一览无余。怒气冲冲的妈妈一巴掌打得我眼冒金星，一边把《红楼梦》撕成两半扔出我家窗外，窗外是一棵黄桃树，树下掉了一地熟透的桃子。我心想：完了，书掉在烂桃子上了。我却不敢出声，自知理亏加上疼痛，眼泪止不住流。这是对书的爱的代价，是最为心醉、最无悔的爱。

本来终身的愿望是上中文系，遍览中外名著，把爱和职业巧妙地结合在一起：当一名编辑，看别人写自己也写，或者当个记者宣扬善美，打击丑恶。可是却阴差阳错读了财经专业，第一节课提着老师发到手的算盘哭笑不得。借贷记账法、三级明细账、科目、七上八下的算盘声，我好像进了人间地狱。可是不及格要留级，或者不能分配到工作。于是又重演了高考时的身不由己：一边看各类中外小说，写豆腐块文章，一边是临近考试开始熬夜复习，终于在一心二用中恍若梦境般顺利毕业。

文学是我生命星空中最闪亮的星辰

记得第一次把铅字变成报纸上的豆腐块，是在高中时候写的《我最敬佩的老师》。那天，在街上报刊亭突然看见《春城晚报》上有我写老师的一篇小散文。顿时欣喜若狂，掏光兜里所有的钱用来买这份报纸，狂奔回学校见人就发。那时我狂喜的样子一定很可笑，也一定很灿烂。

毕业分配在建设银行工作，人生的第二阶段开始了。每个人的人生各不相同，我的人生含着甜味，带着苦味和无限青涩。和初恋男友相恋8年，分手了，在刚刚参加工作人生地不熟的小县城，宿舍里，面对落日的夕阳，心中无限的痛，万念俱灰，怀疑活着的意义在哪里？

举目四望，空无一人，只有它在等我，心爱的文学，书架上心爱的书、我的精神食粮！我孤独存在的唯一伙伴。我陷入读书的痴迷中，收集了狄更斯、毛姆、尼采、叔本华、荣格、茨威格、马尔克斯、路遥、鲁迅……读狄更斯的《大卫·科波菲尔》，科波菲尔出生时父亲就死了，母亲嫁给摩德斯通。10岁的科波菲尔受尽继父的虐待。逃脱后一个人走啊走，历尽艰辛找到贝西姨婆。早上姨婆从窗子里看见走着来的、穿着破烂衣服的科波菲尔，惊叫着出来迎接他。这时我已泪流满面……读罢，我平静了下来，仿佛我站在晴空万里的山顶，眼前一览无余，光芒万丈。满足感和幸福感充满全身。书中人物的悲、喜、哀、乐与我这不可见的、意念的磨难相比，我的痛苦低如尘埃，于是我学会了心平气和地面对不尽如人意的人和事。

在阅读的海洋中，我遇见了高山、大海、涓涓细流、缥缈的云、灿烂的星海、苍茫的大地，最后它们无不指引我迎接新的自我。我想作为沧海一粟的凡人应该有一种方式证明自己来过这个世界，于是我认真地拿起了笔，却写不出满意的句子。苦恼中看见作家余华的《在细雨中呼喊》，那简洁紧凑的句式深深地吸引了我，我开始一段一段地背诵和默写。

因为这个文学写作的爱好，我承包了我们市分行财会部门的周报、月报、年报、总结、黑板报及上报上级行的稿件。在建设银行总行系统征文中，《我与建行一起成长》获得了全国优秀奖。这些小小的荣誉让领导给我网开一面：在处理完岗位工作以外，我可以看其他无关工作的书，可以写写文章。文学让我成为一个同事夸耀羡慕的人。

我的写作技巧是什么呢？

一、我以为写作要在充分读、大量读的基础上。人的经历是有限的，亲身体验的事毕竟是少之又少。大多数人都以同样的轨迹运行着：读书、工作、结婚、带孩子，孩子长大离开之后，回头一看我们也老了。在此人生过程中如果没有博览群书，又没有用心对待生活，没有深刻体会我们所遇到的人和事，没有感受分析，那是写不了好文字的。

二、阅读要在热爱的基础上。对文学没有热爱，仅是凑热闹，看西洋景，追求故事情节是没有多少文学价值的。爱是无私无欲、无条件追求，不计回报、深深沉醉其间的情状。也许有些人天生就热爱并擅长，那是老天给予的天赋，有的人是后天发掘的热爱，像我，如果没有外婆的故事，妈妈读书爱书的痴迷，也不会给我影响，开发我多愁善感的心。因为爱，所以可以安静地追求，无怨无悔地付出，陶醉其间不可自拔，不论成与败。

三、有感受、有情愫才能有写作的内容。从我们最熟悉、最亲的人开始写。因为是亲人，有深切的思想感情的交流，日常生活中最为接近也最理解和了解对方；因为有情和爱，所以有着最多的感同身受，缠绵悱恻。父亲是我一生最爱，最亲近的人，对父亲的思念，没有尽到孝的痛苦和自责跟随我的余生。自我懂事以来，父亲就像老黄牛一样，从不喊苦叫累。那时物质生活极其贫乏，父亲为了我们能吃好些，身体能够健康成长，除了上班其余时间学着养猪、种菜，有时深夜还要去给菜浇水上肥。父亲不让全家人进厨房，从来都是做好饭才叫大家"吃饭了"。我们闯了祸不敢回家，怕被妈妈打，爸爸端着专门为我们做的饭四处寻找我们。就是这样无私博爱的父亲，没有过上好日子就患结肠癌走了。可怜的父亲啊！还没有坐过我开的私家车、还没有穿过羊绒毛衣，就永远地离开了我们。怀着这样深重的想念父亲的感情，让我一气呵成写出《父亲，我最想念的人》，被青年作家网收录在《花开四季》里，作为我对亲爱的父亲的怀念。

四、另一个写作技巧是"积累"。近年，我没有停止过阅读和写作，但都停留在短小的散文、小说。长进不是很大，往往是写一点儿，又被许多杂事牵绊，作品便变成虎头蛇尾的半成品。读的书也总是拿起不长时间就被其他事情岔过，或者自我放松、宽慰自己，半途而废。光阴似箭，眨眼间已退休，我的女儿已经自立，不需要我多管。万幸遇上青年作家网，结识了汪家弘总编、刘慧明主席。于是有了非常优秀的老师和集体，认识了那么多作家朋友。特别是近一年来，参加百家号日更写作。开始日更时常常因为找不到题材而苦恼，甚至急得夜不能寐，慢慢地仔细观察身边每天发生的人和事，由浅入深、由表及里找到人物事件发生的各个因素。这样磨炼了将近一年的时间，完成近一年的百家号日更，终于，熟能生巧这个成语在我坚持日更这件事上得到真实体现。现在，我可以随手在手机上记载下心情，抒发随感，或是续写小说之类，不需要多大改动就可成文。现在的我擅长挖掘新的题材，有时可以信手拈来。

五、理顺题材做到有头有尾，再加反复修改，文章才能更加升华。海明威说过："第一稿永远是一堆臭狗屎。"

每次因为突然的感慨，激情澎湃地信手就写，写着写着就写不下去了。这是因为没有做好准备——没有骨架，没有理清线索提纲。没有细节——丰富的肉质细胞没有，文章又变成有头无尾的废稿。成败就取决于对待写作低潮时采取的态度，只有坚持不懈地写，修成一条完整、切实可行的道路，才可以修整，甚至装饰这条道路。就像我们写文章一样，写完故事，经过反复修改、补充，最后才能呈现完美优质的文章，好像劫后余生，再绽放新绿。

我的自律计划

到处都可见各种自律的文章，每看一次就积极振奋一下，也跟着做一份自己的计划，尝试着实行一下，但是一般情况下持续不了多长时间，又回到原来的轨迹。不是说没有自律就没有开挂的人生，就没有真正的自由吗？渐渐地，我对自己有了怀疑，有些沮丧。

面对闲下来的日子有些惊慌，盼望了好长时间的退休生活，一下适应不了了，过上了混吃等死的日子。回顾已经走过的生命历程：工作平稳而忙碌，日复一日地关注女儿成长、在工作不落于人后的平凡普通中过了大半生，忘记了自己也需要成长。细细想来，在经历所有的酸甜苦辣中，支撑自己的是对文学的爱好和梦想，是文学梦支撑着自己度过一个又一个孤寂的黑夜。

面对满满4个书架上的书，深深地对它们说声对不起：原来自己只是把它们当作困苦时慰藉自己的摆设，辜负了这么多年它们默默的陪伴，是该对我的文学梦有个感恩和报答的行动了。

开始行动吧，对所有的书籍做个清理，把它们做个分类，按先后阅读顺序做个标注。

第一，必须每天坚持7点闹钟响时起床，锻炼1小时，保证有足够精力支持。

第二，早上9点开始写作。

第三，下午看书2个小时。

第四，晚上8点写作看书，12点前必须睡觉。

第五，不把手机拿进卧室，坚决杜绝熬夜看手机的习惯。

第六，改掉拖延症，行动之前给自己加油 3 秒。

第七，每天完成 40 页阅读，做好感想笔记。

第八，每天完成写作任务不低于 1 篇。

只有远离各种诱惑和欲望，让整个身心安静下来，戒掉"等下""下次""算了"这些拖延性词语，克服不断出现的困难和差异，让自律变成习惯，那么成功的人生一定会在前方。

加油，让退休的自己过上梦想中的生活。

《麦琪的礼物》读后感

再次读完欧·亨利短篇小说《麦琪的礼物》，心中有感。记得第一次读是在 20 年前，每次读完，它带给我的精神享受总是久久萦绕，难以平静。

1.87 美元对于吉姆、德拉夫妇来说是很大的一笔钱了。过圣诞节就靠这笔为数不多的钱，怎么使用能让心爱的人得到惊喜的礼物，成了彼此最大的苦恼。德拉在家里找来找去都没有一件值钱的东西可以换钱。无意中在镜子前看见自己长长的美丽的头发，如梦方醒：头发可以卖钱啊！尽管他们家最为自豪的两样东西，一个是丈夫祖传的金表，另一个是就是德拉的头发。

那天晚上，德拉顶着一头鬈发，欣喜快乐地等待吉姆回家，吉姆也怀揣着买给德拉的礼物回到了家。当他们拿出礼物时，感动得热泪顺着他们的脸颊流淌下来。看到这里，我泪流满面。吉姆把祖传的最引以为骄傲的金表卖了，买了一套德拉一直喜爱的梳子；吉姆看着德拉卖了头发买给他的那条白金表链，久久凝视着。不知有多少读者对这一段有过深深的惋惜和感动。

前不久看见一个感动人心的画面：一个做清洁工的老爷爷坐在马路边，膝盖上坐着小孙女，他们正在做游戏，心无旁骛，没有一丝顾虑。他们开怀的嬉笑让我们感慨万千，快乐是什么？这个问题看似简单，可是往往不堪重负，那是因为欲望的无限扩大，淹没了快乐的初衷。德拉和吉姆至纯至真的爱之所以感动无数人，就是因为他们给予对方的爱是发自内心的、无私的，为了对方的喜悦和开心牺牲自己的最爱，这与价值无关，只与爱有关。

老爷爷和孙女的开心，让人感动之处也与物质的拥有多少无关。他们处于社会的最底层，也许吃饱穿暖是他们最大的苦恼。可是开心的笑容仍然毫无顾忌地展现在脸上，爷爷身上橘黄色的清洁服、小女孩灿烂的笑容，在夕阳晚霞的照射下变成一幅美丽无比的金色画卷。

我们总以为在爱的经营中，最大限度地给予物质的享受才是爱的表达。我之所以用"经营"这个词来描述爱，是认为爱不是有了就放任，就让它自生自火，也不是必须要买高档豪车、高档住宅才能得到爱、维系爱。

爱的初衷是在一起开心快乐，安放彼此的灵魂，无论贫病富贵，不离不弃。唯有真心真意才会有真爱，这才是爱的主要项，物质的多少是次要项和附加项，只有分清主次才能拥有长久的爱。

《生活在英国》读后感

在餐馆的忙乱中收到"青年作家网"寄来的文学大赛获奖证书和彭小玲老师的《生活在英国》散文集。烟熏火燎中一股清风扑面而来,自然有抑制不住的欢腾和喜悦。封面上彭小玲老师平和、温馨,灿烂的笑容,仿佛春日里的太阳。

因为日常事务繁杂,在断断续续中看完《生活在英国》。但是每次拿起书又倒回前章品味一下,因而读得细致而缓慢、意犹未尽。彭小玲老师笔调自然、简洁,轻松、亲切。

全书共有5个章节,分别是5篇文章:"懒妈和儿子""写给老公""血浓于水""英国生活""生活随感"。读完全部5篇文章,深深感受到彭小玲老师充满正能量、积极认真的生活态度,她对待事物张弛有度、理智,有对现实的把握,对诗和远方的向往和追求。

第一章　　懒妈和儿子

本章从对儿子的培养开始,细致地讲述从儿子自己上学,独立完成每一件事,彭小玲老师都用赞赏启发、鼓励教育的方式,提高儿子的独立生活能力、认知能力。彭小玲老师写道:"对儿子没有过高的要求,只希望他快乐、懂事、讲理,至于能学到多少知识、本领是儿子的造化。"这样的教育理念实际实践在每天的日常生活中,给了我很大的启发和反思。想起对女儿从进小学第一天开始我就采取监督、跟踪,一步不落地陪在身边的方法,实在显得笨拙。尽管女儿也非常优秀,但是我的教育方式带给她性格上的内敛和压抑，至今让我深感内疚。陪伴孩子成长的机会只有一次！在此无不佩服彭小玲老师的明智、笃定、开明。

第二章　　写给老公

在这一章里，彭小玲老师描述了和丈夫琴瑟和鸣的美好爱情，并且自始至终幸福陪伴一生。在羡慕之余也认识到他们也有分离、艰苦创业、意见不合的时候，但是在面对风云变幻的时候，除爱的相知相守外，用互相的包容、理解、发展的眼光看待对方和要经历的考验更重要。我自己也是女性，我认为女性只有提高自己的认知水平，具有独立的经济能力，思想上不依靠、不自卑，不断完善自己，才能获得丈夫的尊重。另一方面，即使自己强大，也要用常人的眼光看待丈夫，丈夫也是一个普通人，他也有普通人的性格缺陷，也有自己的苦衷和难言的苦楚。彭小玲老师写道："婚姻中的女人不要苛求你的男人尽善尽美，不要强求你的男人能力无法达到的事，不要逼迫你的男人去做他不适合的事。女人只要学会适当妥协，生活就会和谐幸福，婚姻就会长久。"另外，夫妻之间即要共欢乐，还要有共患难的意志。

初到英国时，因为没有工作，她整天待在家里，和丈夫交流的话题越来越少，生疏感随之而来。生存第一位，爱情只是锦上添花，彭小玲老师意识到：没有生存能力，哪有资格谈爱。这是我们女性需要自醒并身体力行的事情。

"心疼与在乎，才是女人最想要的东西，婚姻里最美好的永远是生活中的细节。"这一切的持续拥有取决于女性独立的思想、独立的经济、独立的人格。只有不成为男人的拖累，从思想上到经济上和男人共担共存，成为彼此的支撑，才能有精彩主动的人生。

因此，彭小玲老师在异国他乡开了餐馆，白天挣钱，晚上写作。可见彭小玲老师的清醒、自律、独立和聪明、智慧的个性。

第三章　　血浓于水

本章主要是彭小玲老师叙述亲情：祖母、父亲、母亲在自己成长过程中对自己的爱护、陪伴、教育和潜移默化。父亲一生正直无私、善良大义，对工作尽心尽职、对家人无私奉献、对乡亲竭尽所能。文章表达了笔者对父亲深深的思念，没有能送别父亲遗憾终生。

祖母是家族中的领头人，对儿子、孙子严厉教育，从不打骂袒护，他们通过谈论、评判来让孩子们自觉知道什么是善、恶、美、丑。"苍蝇不叮无缝蛋"，出了问题要先想想自己的对错。"祖母通过言传身教，让后代走在正确、光明的路上；要懂得节约，不要做"老鼠不留隔夜粮"的人。祖母乐善好施，哪家有什么事都会请祖母去帮忙操持。而母亲为家人吃苦耐劳、艰苦朴素、一生默默无闻奉献着自己的一生。

第四章　　英国生活

因为不愿被称为负担，和社会分离。彭小玲老师开了中餐外卖店。在努力经营小店的时候，接触形形色色的英国人，观察各种客户行为习惯、性格特点。本着童叟无欺、爱憎分明、诚心待人的原则，使得小店风生水起。彭小玲老师写道："诚信无敌，日久见人心。敞开厨房大门展示自信，你的真心实意总会有人懂得。""不管做什么，真心诚意付出总会有所收获。"可以看出，彭小玲老师一直在追求，一直在收获，一直在前行的路上，成长、成就自己。

第五章　　生活随感

在本章28篇散文叙述中，记叙了作者在英国与各类人交往的所思随想，以及自我心灵的成长："让人舒服是一种顶级的魅力。"对待客人朋友亲切友善、爱憎分明、童叟无欺、不贪图小利。可以看到彭小玲老师独立的思想、智慧，聪明的待人接物方式。最后建设"退休小屋"，温暖的家庭氛围，全家人对美好生活的幸福向往。

遇见偶像王丽荣老师

久闻大名的王老师原来长得是这个样子，完全和平时文来文往中所想象的不一样。以为王老师是一位女士，如她的文字一样婉约、温柔。心想，她一定是长着一双灵动的，带着些许忧伤的美丽的大眼睛。因为看王老师的文章常常被她细腻的真切的描写感动到落泪。

可是当见到本人，我还是吃了一惊，他是一位 65 岁的男作家。当其他人热情地上前和他握手寒暄时，我怔怔地反应不过来。王老师是前辈，并且担任着作家协会副主席，有不少的粉丝，这当中也包括我自己。俗话说，文如其人，可是这句话现在不适用了。

王老师圆润的脸上，细细的眼睛，亲切地微微一笑，一团和气。他的头发稀少，几乎谢顶，那是长期写作熬夜形成的。我凑上前去尊敬地向王老师做自我介绍。王老师笑眯眯的，用标准的字正腔圆的普通话说："小李，终于见面了，你的作品我看过，写得很好哦！"百忙之中的王老师居然记得我，令我好一阵感动。交流会上，王老师侃侃而谈，有人提议请王老师谈谈他的长篇新作《一路有你》。王老师很爽快地答应了大家的要求。

气氛一下严肃起来，王老师站起来，双手抚在前面的桌子上，凝重地开始了他的作品的叙述：17 岁时，主人公响应党的号召随着全国上山下乡的运动，打起背包，装着母亲塞在衣服口袋里的 12 元钱，和同学们一起乘汽车、换马车、再走路到了祖国的最北边。

祖国的大好山河对于一群十六七岁的孩子来说是那样新奇，可是新鲜感过后的那种茫然、无助弥漫着整个知青组，冰冷的土地和皑皑白雪包围着他们，从大都市来到荒原的困苦无助磨炼着纯真、炽热、充满理想的青年们。

一次，他一个人到镇上去买食物，天黑的时候，他在森林中迷了路，晕头转向找了半天，还是没有找到出路。忽然间，一头黑熊向他走来。他心想：完了，此生结束了，要和父母、家人、战友告别了。

就在他满含热泪趴在地上等待狗熊扑上来的时候，一声清脆的枪声划破寂静的天空。离他只有几步距离正向他扑来的大熊应声倒下，被溅了一脸血的他睁开眼睛，看见救他的猎人举着枪跑过来。

他的救命恩人把惊魂不定的他带到家中，从此他们成为终生的朋友。

蹉跎的岁月一年又一年，1978年恢复高考，他幸运地考取了北京的外语学院，从此，他的命运改变了。

他的救命恩人，他一直以哥哥相称。哥哥去世时，他回去看他最后一次，也回到了知青组那片魂牵梦绕的地方！青春岁月又回到了眼前，亲密的伙伴们，有过命交情的兄弟姐妹们有的长眠于此，有的做了当地的女婿、媳妇，大多数返回北京，去了不同的岗位。

可是随着年龄的增长，他却越来越怀念，越来越沉迷那段岁月，因为那是一代人永不再有的青春和纯真。

王老师哽咽地讲完了他的故事，所有人静默着，仿佛大家一同回到了过去，随即响起了热烈的掌声！

看着我的偶像王老师波澜不惊地讲着波涛汹涌的故事，又一次被他的故事深深地感动了。有的人一生顺风顺水、有的人一生坎坷波折，和命运一直做着抗争，难得的是保持着清晰正确的三观，积极向上，不妥协，不认输。